沉思的百合

琹涵・著

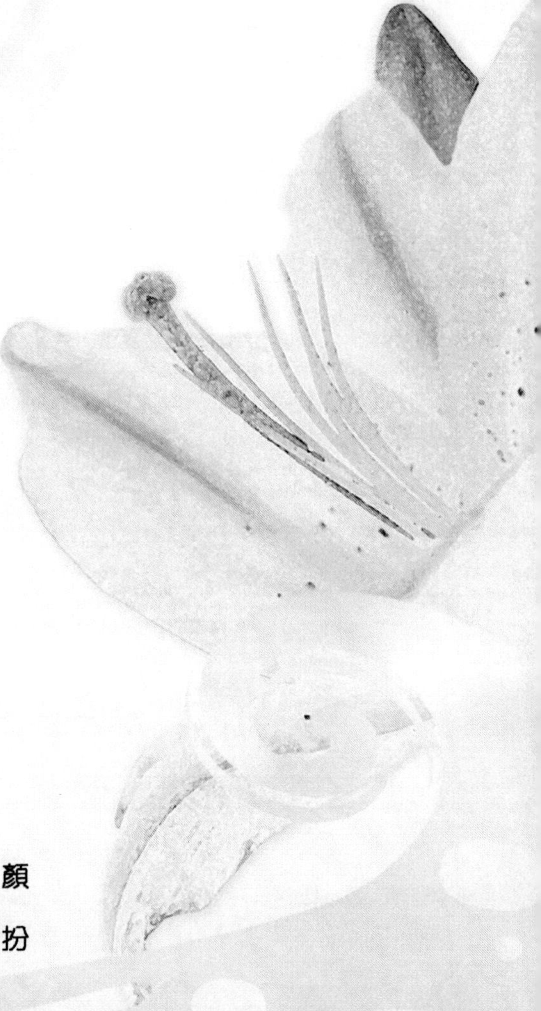

這般素淡的容顏

這般樸實的裝扮

多少歲月流逝

百合

仍保有最初的純潔

不沾染一絲塵埃

美在脫俗

美在沉思

序——沉思的百合

眾華芳菲，點染了天地一片繽紛浪漫。每一種花都有她的特質和美，哪一種花能進入你的心中，成為最愛呢？

周敦頤的〈愛蓮說〉，千百年來傳唱不歇；陶淵明的「採菊東籬下」，成為所有人的悠然嚮往……那麼我呢？我希望擁有一朵百合，清新淡遠。花沿如美麗的蕾絲裙襬，在風中飄然若舞；花形像一支喇叭，吹奏起生之歡歌；而在更多的時候，她彷彿沉思，有若哲人。

沉思些甚麼呢？是今生緣遇，人事物的交會，益發讓我們明白，因緣的不可解說和值得珍惜。紅塵輾轉，飛鴻雪泥，果真無痕嗎？那是生活的印記。啊，歲月也有如花瓣，思我年華，幾多滄桑，人生的悲喜更與何人說？……

還記得十多年前，我在報上寫《心海微瀾》的專欄時，我好想：先寫幾句詩，再接寫散文。主編先生說：「可以啊，你可以這樣寫啊！」可是，我不敢，因為信心不足。畢竟我寫散文多年，還出了書。在我，散文寫作是比較得心應手的；至於詩，雖然年少時就寫，但發表不多，為此，我老是躊躇再三，觀望不前……就這樣，竟然和機會擦肩而過了。

可是，那仍然是我心中的一個夢，從來不曾遠離。幸運的我，後來用心寫詩，在長久的歲月之後，終於讓美夢得以成真。

感謝上天的厚愛。機會，它居然敲了第二次的門！

特別要謝謝秀威資訊，在出版界如此蕭索的時刻，《沉思的百合》問世，也可見他們對文學所堅持的理想了。

也真誠的希望您會喜歡這本書，此刻，我的心，也如同陽光下優雅的百合，為您努力吹奏出滿天的雲霞，如詩一樣的美。

琹涵

二〇〇八年秋日

目次

卷三 歲月花瓣 123

卷一

深情相遇

以喜悅的心
看待今生緣遇
無論悲喜
讓人間
更添美麗

坐對一株荷

綠波間綻放的一朵
歡顏
是亭亭淨植的荷
凝集所有陽光的
寵愛
招展一季夏日的戀情
生命裡
除了熱情
還有溫柔

坐對一株荷，足以令人寵辱皆忘。

我彷彿聽見花葉之間有絮絮的低語，那是對我呼喚的聲音嗎？我的心弦為之一震，也讓我想起了那些年在白河的時光。淳樸的鄉間，可愛的學生……日子是如歌的行板；然而，終究無法留住，夢裡花落，學生長大了，我也遠去。再相會時，中間隔著洶湧的歲月，竟無由涉渡，除了微笑，除了祝福，或許連言語也是多餘。

只是夢裡分明相見，自也難忘；還有那綻放的荷，香遠益清，曾經芬芳了我年輕的生命，也在記憶裡成了永恆。

住台北時，我常常走到植物園去看荷，卻覺得不如白河遠甚。聽專家說，植物園裡的荷花是經過特別培育栽成，專供觀賞之用。只是，為甚麼我總是覺得，還是白河的天真自然，快樂的迎風招展，像許多歡喜的笑臉？會不會是我的先入為主呢？會不會是因為那段白河的歲月太美好，終至無法取代，於是，連它的荷花也永遠美麗？

坐對一株荷，無視於時光的悄然流逝，日已西斜，會不會我也成了另一株荷，只是我渾然不覺？

芒花如詩

把憂傷一一收起
存放在我心的深處
這是人生的功課
我祝禱
紅塵冷暖的世間
繁華落盡
見真淳

那天，我們路過金山，看到了山坡上的芒花，在風中搖曳著。

芒花，那不是屬於秋天的花嗎？為甚麼在暑氣正盛的六月底，居然看得到她的姿容呢？是因為全球暖化，連季節也錯亂了？是由於芒花太敏感，已領會了早來的秋意？

芒花如詩，曾經綻放在我青春的年月裡。

那時候真是年輕啊，尋花不辭路遠，只要聽說哪裡有花開，總要呼朋引伴的跑去瞧瞧。即使是芒花，擎天崗附近，一大片一大片滿是的，原來，數大也是美……那些盛放的花顏的確美好，卻不知自己也青春如花。

曾幾何時，當年的友伴也如芒花般的四散，在不同的角落裡生活，有著各自的離合悲歡。如果生命也像書，在忙碌的日子裡，我們草草翻過，來不及細讀，來不及品嘗，書頁早已翻過了大半，黃昏倏忽就要來到了。

憑弔青春？不也顯得可笑嗎？四時都有好風光，原不必死死守著遠逝的昨日。

只是，再見芒花時，心中仍不免有著幾分的惆悵。真心希望當年我的好朋友們都能平安快樂，我的惦記和祝福如此深濃，好風是否能代為傳送呢？

芒花如詩，永遠寫在屬於我的歲月裡。

分享智慧和愛

閱讀
讓我的心靈有了飛翔的翅膀
在夢想的國度自在遨遊
智慧的金句
像希望的種子
灑向心田
期待　未來的花園
一片繁華勝景

颱風還沒有走遠，好朋友秀珠就帶著一堆書上門來了。推銷嗎？啊，不，是慷慨相送。

她真是喜歡書，看過的好書，不只是努力推薦，而是大量的買來送人。在出版界的寒冬裡，幸好還有這樣的人在大力護持，要不，景況恐怕更加不堪了。

前兩次，她已經各買了一百多本了，我跟她說：「好了，好了，別再送了。想要的，應該都拿到了。送書，也應該有個節制。」她也覺得「夠了」，偏偏書送得太快，一會兒又都不見了蹤影，於是再買、再送……竟然成了循環。

好書，的確是最好的禮物。

書中有故事，足以引人入勝。有智慧，啟發我們的人生。有歡笑，也有眼淚，豐富了心靈。更可貴的，在於潛移默化。因著陪伴和分享，逐漸讓我們變得更加的豁達和美好；而愛，更可以流轉不息，帶來溫暖，甚至改變了整個世界。

秀珠和我也是因書而認識，就在國家圖書館，一轉眼，也快二十年了。人生裡，不可能沒有風雨滄桑，她曾經憑藉著不斷的閱讀，平安的走過泥濘困境。如今，她也熱心的推廣好書，希望散播書香和智慧。

她做得多麼好啊，真讓我歡喜讚嘆。

慈母心

母親的愛
是一汪浩瀚的大洋
澆灌傾注
在兒女的生命中
母親的牽引
小樹苗也能長成大樹
終於探向藍天

天下的慈母都是一樣的。慈母疼愛兒女的心，常讓人為之動容。

那天，有個女士輾轉找到了我，想向我探詢有關出書的事。於是，我們找了一個安靜的角落，坐下來談。她從提袋裡拿出一大疊打了字的紙張來，我想是她的書稿吧？不料卻是她女兒的。原來，她的女兒今年國小就要畢業了，平日喜歡寫作的女兒也常投稿，累積了許多的作品，她想替女兒出一本書，作為畢業的賀禮。

立意真好！我在心裡想著。

由於她對出版的陌生，幾乎是依循著自己的感覺來做，也天真的以為出書是一件簡單的事；然而，畢竟其中有不少屬於專業的考量，是她所無法事先知道的。為此，她遭遇到的重重阻礙，都是可以想見的。現在，她既然找到了我，我雖未必熟悉所有出版的流程，但到底有過出書的經驗；再加上前些年，我的好朋友想自費出書，我四處替她收集資訊，千慮一得，或許可以提供給她作為參考。……

這些都是比較務實的做法。

在我們交談的過程中，我清楚的感受到一個母親疼惜女兒的心，是這般的熱切，以及為此衍生而來的種種徬徨和焦慮。

其實，不妨放寬胸懷。能夠將女兒引領到閱讀的路上，讓她優游在書香的國度裡，從而得到智慧和歡愉，就足以令她終生受惠了。至於，將來她是不是會走上創作的路，可以由她自己來抉擇。寫作的路途，艱難而又遙遠，不可能一蹴可幾。如果，沒有濃厚的興趣和決心毅力作為後盾，是無法持之以恆的；不能持久，恐怕就看不到成果。

我常常想到讀書的快樂，也但願終身都是個愛書人。相形之下，寫作的嘔心瀝血是痛苦的，當然，在自我的實現上，它另有意義。

愛，是生命裡溫暖的光。有一個好母親，更是上天給予最大的恩寵。那個小女孩何其幸運，擁有來自母親永不枯竭的愛和支持！

天下慈母心，都一樣讓人感動。

蓮施妹妹

當我歷經紅塵悲歡
我願始終堅持
在風雨困頓的時刻
在烈陽炙烤的當兒
我願報以微笑
對枝頭的花鳥
也對多情的流水

一直記掛著妳的健康。

算一算，妳到美國陪兒子過感恩節也該回來了。我打電話到妳家，沒人接聽。我還想，會不會是我記錯了日期？也或許，旅途勞累的妳需要休息？我只是想知道妳是不是還好？

今天妳來了電話，我還很高興的說：「啊，妳終於回來了！」妳告訴我的，卻是妳受傷了。就在回台，臨登機門時摔倒，立刻痛到不行，原來是右小腿外側的骨頭有裂傷，還扭了筋……

怎麼會這樣啊，我簡直說不出話來。這一年妳的運氣真不好，起先是腎功能衰竭，弄到要洗腎的地步，當然很受折騰，內心的沮喪不言可喻。妳好不容易接受了洗腎的事實，生活也逐漸調整到常軌上，哪知一波未平一波又起，妳竟然摔傷了腳，看來還得受苦好一陣子。

我終於相信人生的無常。

我曾在書上讀過這樣的一句話：「挫折是常態，順利才是意外。」我思考許久，竟不得不承認這話是有道理的。我們在順境裡習以為常，卻不知那是天大的恩典，於是我們誤以為順利才是理所當然，一旦拂逆到來，便委屈落淚、徬徨失措。其實，面對挫折，反而是更大的考驗和學習。

希望妳能安心的養病，假以時日，受傷的肢體總可以康復，那時四海任妳遨遊，整個世界也都是妳的。……

妳還記得我們是怎麼認識的嗎？那年，我調到台北來教書，新的學校有一百八十多班，真是驚人。單只專任教師辦公室就有近百人之多，我看著進進出出的人，一個也不識得，不免感到孤單。妳就坐在我的緊鄰，常見妳手不釋卷的翻著書和雜誌，看來是個愛書的人。我們逐漸熟稔起來，一早妳就告訴我妳遇到的人事物，每天不同但件件有趣。妳的口才真好，舌燦蓮花，我總是很有興味的聽著，有時忍不住便把它寫下來。於是，那些年，妳的名字常常出現在我的書裡，其他相熟的朋友看了，常不免要好奇的問我：「蓮施妹妹是誰？」

我們同坐一起，也只那麼一年。兩年以後妳離職，先生的事業太忙，要妳幫忙，妳也能幹，事事都打理得好。我們也一直都有連絡，妳忙成那樣，休息太少，健康日差，在在讓我擔心。

終於，多年以後，妳的身體出了狀況，竟是來勢洶洶的腎衰竭。事已至此，也只有平靜的接受，因為怨懟已於事無補。只是，我心疼妳所受種種的苦。我也願意相信：上天在這事上，必然有祂的深意。

我們活著，常常得接受各種的煎熬錘鍊，為的是讓我們變得更堅強、更好。如果，這一切的考驗無可逃躲，那麼，就讓我們勇敢的迎上前去吧！

藍天悠悠，我們的心也要像天空一般的寬廣，無所不包，也無所不容。

流動的溫柔

沒有人能探悉宇宙所有的奧秘
我們奔逐
如向日的葵花
當黃昏到來
我謙卑的垂下頭
原來個人是這般的微渺
生命是一列急駛的火車
幸福隨時可能下車
有多少因緣遇合
最後終將流散
織就了悲欣交集的人生

我的泳友袁常和她的朋友們餐敘，有時候也說給我聽，看來她們都是性情中人，我說：「有機會，我也想認識她們。」這一說就兩年，原因是我受傷未癒，總想好了再去，如今，終於敲定了時間，週二，在春天素食餐廳。

大家到的時間都差不多，只一會兒就齊聚一堂。

常清尼師騎著單車來了，清秀的臉龐，可以想見年輕時候動人的風采。曹老師曾是袁學佛時的老師，兩人投緣，情誼介在師友之間。

曹老師四十歲時守寡，拉拔三個兒女長大，其間的辛酸，可以理會。看來人生的經驗豐富，是個有智慧的人。常清尼師是方外之人，對世間的悲苦，有更圓融的觀照。

袁獨身，要照顧年邁的父親，親力親為，有時沉重的壓力卻找不到出口。冷淡的弟媳袖手旁觀，也讓弟弟覺得像夾心餅乾，裡外都有愧疚。……這樣的真實故事世間多有，曹老師問：「如果妳是唯一的子女，又如何？」生為女兒，感念父母的褓抱提攜，反哺的責任自應一肩扛起。弟弟弟媳孝順與否，也只有聽憑他們各自的良心了。

素食有它的清淡可口，蘿蔔糕好吃，甜點怡人，水果也爽口……我們閒閒的坐著，我談著曾住台南的往事，那時，我是府城的小女生，青春是如此的耀眼，卻也少不更事。曹老師的先生曾是成大校長，治校頗有佳績，不料僅只兩年竟然故去，台南是她的傷心地，恐怕也不堪回首吧。

常清尼師篤定的眼神，慈悲的話語，另有一種溫柔。

每個人都有自己要忙的事，或許，悠閒的是我，我開玩笑的說：「吃喝玩樂，也是忙。」

當我們逐漸走向人生的黃昏，且欣賞夕陽的霞光是如何的繽紛絢爛，不必哀傷，無須沮喪，生命中的每一個步履，都將帶領我們見到不同美麗的風光。

就在我們的閒談之間，緩緩的，有溫柔在流動，室外或許陽光粲然，室內則是一派清新平和。

一次餐敘，也是一次讓人歡喜的會面，總讓我深深記得。

情誼也芬芳

你聽
遠處有流水溫柔的低吟
薄霧正輕輕籠罩
在靜默裡
你是
我在蒼茫中尋覓的溫暖

盛暑時候，熱不可擋，彷彿整座城都蒸騰了起來。

炎炎夏日，我常讀詩。覺得那般晶瑩宛如珠玉的絕妙好詩句，真是文化的瑰寶，我們何其幸運能領會詩的芬芳！讀多了，讀久了，心中有所思，便也筆之成文。我知道，你也喜歡古典詩詞，有時候寄給你，和你分享我的快樂。

其實，這都是尋常事。你卻總要在電話裡一謝再謝，倒讓我很不好意思。前些時候，你居然回贈了我一罐好茶，那還是你珍藏多時，捨不得喝掉的。也許，你認為能一邊喝茶一邊讀詩，會更添喜悅。真的是這樣嗎？

謝謝你，我的確是既享用好茶又領會好詩，覺得心中的幸福真要滿溢了。這茶的確精緻，很像「東方美人」，清香之味極為討喜。

我們是怎麼認識的呢？那時候，我剛在文壇初試啼聲，寫了幾本小書。第一次見面時，你給了我一個熱烈的擁抱，害羞的我差一點慌了手腳，當時一定是滿臉通紅的吧。後來，我才明白你也內向不多言語，益發顯得那個擁抱的可貴，若不是真心喜歡，恐怕也無法流露那樣奔放的熱情了。

早些年，你曾邀我去國父紀念館聆聽演唱，也曾約著到國家音樂廳觀賞節目……曾幾何時，你的歲數漸漸大了，骨質疏鬆的問題日益嚴重，你不太外出，只在居家附近散散步或爬爬小山丘。我們多半在電話裡說話，談談我們喜歡的詩詞，也覺得很開心。

謝謝你對我的善意，有人這麼多年來一直喜歡我的小文章，其實是一個很大的鼓舞。我並不覺得自己寫得好，卻由於你的鼓勵，而願意更認真的來寫。

一晃眼，我們認識也有十多年了，也像一甕酒，經由歲月的醞釀，使它變得更為香醇。原來，情誼的芬芳也中人欲醉呢。

仍記得有陽光

如果
樹能捨棄美麗的花朵
以承載纍纍的果實
我們能不能捨棄名利的羈絆
而擁抱繽紛的夢？

這事很有趣。

一個作者和為她出書的老闆，有長達十一年（一九八八至一九九九）的合作，出了十二本書，卻從來不曾見過面。再過好幾年，終於見面了，在一個有陽光的午後，見面的地點卻在馬路邊的公車站牌……

我每次想起來，都不免要莞爾。

既不浪漫，也不美麗，彷彿是上天開的一個玩笑。

也許，真正浪漫美麗的，是你出版的書。

那是多麼讓人驚歎的美麗啊！

我還記得，我第一次在小鎮的書店買到你們的《冷香》，那是胡品清老師的詩集。古樸的封面設計，卻流溢出濃厚的人文氣息，讓我愛不釋手，真希望也能在漢藝出一本這麼漂亮的書。那時候，我已經有五本散文集了，實在不能算是文壇新人，羞怯的我卻仍然輾轉託人詢問，完全不像我平日出書的方式。往常的我通常打電話敲定，因為，我以為作品會說話，好與不好，不就一目了然嗎？或許，對漢藝我太喜歡了，竟不敢造次。當然，《希望是一座山》也順利的開啟了我們往後的合作。

十二本美麗的書，到現在，我都覺得那是上天的恩寵，也是最最美好的禮物。

我也的確是把它們當禮物送人的。禮物書，多麼讓人遐想和喜愛啊。我的朋友們，包括報社的主編和其他的作家朋友，也都非常喜歡。他們還說：「漢藝製作的精緻，確實最能符合妳的文字風格。」我並不覺得，我有寫得那麼好，但我由衷的喜愛那每一本賞心悅目的書。

只因為漢藝的書太美，美如一場幻夢，也美如不凋的風景。

即使後來，我有很多的機會在別家出版社出書，在私心裡，我多麼希望也能出得和漢藝的一樣美，可以作為「禮物書」送人。我明知這樣的要求並不公平，我也未必開口說出，卻在內心一遍又一遍的想著。

初春的陽光柔和溫暖，想到今生的多少會面，都帶著無可解說因緣。書，也是這樣吧，不論讀書或寫書，一照面的驚喜，是背後多少因緣的成全呢。

真該跟你說聲謝謝的，希望它也帶著陽光，一起到達你的手中。

祝福。

懷念青春

在記憶的月光下
青春
是最動人的光影
美
是一切生命凝聚的
焦點

懷念青春，正因為青春已不再。

老同學跟我說：「想起自己十七、八歲的時候，是別人眼中青春煥發的時刻，該有多少人羨慕著我，可是，我卻渾然不覺呢。」

是啊，就像「人在福中不知福」一樣。在幸福中的人們，多半不曾意識到一己的幸福，唯有等到失去以後才恍然大悟。當我們的青春正盛時，我們忙於揮霍，未曾明白那是天賜的禮物，值得感恩。我們依然有許多的煩惱，各式各樣的，也並不快樂；卻不知道有許多人睜著欣羨的眼眸望著我們！

教書時，我的學生都是十四、五歲的孩子。稚氣的臉龐、嬌嫩的皮膚、晶亮的眼睛以及敏捷的身手，他們常偷偷地對著鏡子照自己的容顏，或染髮或穿耳洞或敷粉……我不免感到好笑。青春是這般的美好，煥發的神采無可掩藏。哪裡還需要化什麼妝？唉，難道不嫌脂粉污了顏色？我真想告訴他們：只要保持整潔，文質彬彬，個個都是可人兒。畢竟他們還太年輕，恐怕對自己仍是不滿意的居多。而這般青嫩的年月，正如花朵的含苞，等著要熱烈的綻放。世界在他們的心中，像一個美夢，投寄以無限的嚮往；也像一則謎題，時時費人疑猜。這時，含羞帶怯是他們的心情；有時也躍躍欲試，企圖揭開所有的迷霧，想納整個世界於自己的掌中。

當屬於自己的青春逐漸遠颺，我卻在學生的身上見到了豐沛的活力、美麗的夢想。這樣的青春好時光，可以學習，可以嘗試，可以力爭上游，可以使自己更具能力、更臻美善啊。

當我察覺到自己的體力日衰時，不得不向青春黯然告別。我明白，隨著歲月的老去，我可能增長了見識，學會了包容，但，到底我無法留住青春。

然而，青春何嘗消逝？又何曾躲藏呢？它總是駐足在年輕的生命裡，原來，它善於遷徙。

於是，當我看到紅撲撲的臉頰、吹彈得破的肌膚、靈活敏捷的身手……我便知道，他們正青春。我仍然忍不住要投以微笑及羨慕的眼光。

但願，他們都能知福惜福；但願，他們都能知曉青春的可貴和它的稍縱即逝。

懷念青春，唉，是的，當它已不再。

做自己的化妝師

我的心情
彷如一首詩的醞釀
有細火的熬煉
有微風的歌吟
也願如繁花繽紛
美在人間

許多年以前，台北的愛樂電台正在試播的階段，有個節目就叫做《音樂調色盤》。聽到主持人說：「每一首音樂都有屬於自己的顏色，粉紅碧綠橙黃雪白……」

我很驚奇，卻也覺得創意十足。

而人呢？人也應該有各自獨特的顏彩。你是否仔細觀察過周遭的人，知道他們是什麼顏色的呢？

有的人是憂鬱的暗藍，不見開朗的笑容。

有的人是明亮的橙黃，生性樂觀，即使是在灰燼之中，也能尋覓出再生的力量。

有的人是柔和的粉紅，浪漫唯美，體貼入微……

更多的時候，我們的心情也可能變幻著顏彩。有時是滿懷希望的綠，有時是熱情洋溢的紅，有時是靜謐安恬的藍，有時是清淨無染的白……

細細想來，我們的外在，也隨著心情的起伏而更換著不同的顏彩。如果，我們能常做正向的思考，那麼，呈顯出來的也會是繽紛的美麗。

我有個朋友，明明心情不好，反而刻意去穿顏色鮮麗的衣服。她所持的理由是：「盼望這美麗的顏色能進入我的心中，改變我的情緒，那麼，或許此刻的壞心情也能變成好心情。」

這是一種另類想法，也很有意思。

你呢？你喜歡哪一種顏色？而屬於你的心情又如何呢？

美麗的錯誤

生命通過藝術的美
得以
永遠長存
人心透過美的薰陶
才能
柔和悲憫

妳說：「有一年，我被力邀加入國樂團，拉南胡。」

「妳學過嗎？」

「讀書的時候，學過一點。可是當我看到樂譜時，我才知道完全不是那麼一回事，當年我學的，連皮毛都稱不上。」

是這樣，妳決定先去學南胡。

到了南胡樂社，其實早已開班，剛好教完D調，告一個段落，G調正要上場。

妳找老師當場報名，老師一看到妳的名字，立刻大叫：「久仰大名！」在那個南方的小鎮，妳已是知名的畫家。

「可是，南胡我可一竅不通呢。」妳說：「萬一學不好，豈不丟臉死了？」

妳在夜晚，提著樂器，騎機車，其實很危險。也在第一天上課時，有個學員和妳有點頭之交，她熱心的說：「我開車來，可以順便接送妳。」盛情難卻之下，妳便也應允。

「可是，南胡實在很難學，好幾次想打退堂鼓，可是想到對那開車接送的人不好意思，只好繼續學下去；偏偏老師對我特別注意，每回都要我示範，我很緊張。」

不過妳也真的學會了，加入國樂團，四處登台演奏，也越來越駕輕就熟。

妳開玩笑的說：「第一次登台時，可真嚇死了。那時候還不太會，而且每個團員旁都有一支麥克風，我只好想辦法把麥克風掉轉方向。」

剛開始學拉時，聲音慘不忍聞，家人還說：「晚上九點以後別拉，怕吵了人。農曆七月也別拉，會嚇到人。」

當然，這都是過往雲煙了。如今，只要家裡來了客人，妳就被要求演奏，以娛嘉賓。

有一天，妳遇到當年接送妳一起學南胡的朋友，她說：「那時候我幾乎學不下去，可是想到妳正學得興起，只好跟著繼續學，便也學會了。」

妳聽了覺得有趣，如果這是一個錯誤，也錯得多麼美麗。而人生，卻因為堅持，使得美夢成真。

客串模特兒

當世間的繁華零落殆盡
她依舊笑傲在枝頭
兀自吐露著清芬
最是多情的她
仍然挺立
寂寞舞寒風
為蕭索的天地
散播一縷鮮潔的芳香

妳來時，天氣微涼，我穿著一件鮮紅的毛衣。

妳跟我說起，今年一、二月間，妳去賞梅的趣事。

「本來，是要到南投縣信義鄉的風櫃斗賞梅的，後來聽說那兒的梅花稀疏零落，便決定改去烏松崙。我們在餐廳用餐時，還看到有很多裝備齊全的攝影人，奇怪的是，後來他們都不見了。我們在餐廳前拍梅，也很美。後來發現有一條小徑，進入後，果真別有天地，老樹白梅，如同白雪覆蓋，美到不能說話，心裡感動極了。」

聽妳這麼說，我真想明年也賞梅去。

「後來，有人跑來問我，能不能客串一下，讓他們拍照？那天我穿著紅色衣裳。」妳看了他們的鏡頭，立刻就明白了。「黑色的樹幹，雪白的梅花，的確就少了紅色。你們希望我在這裡……」對方稱讚妳很有概念，並不知道妳是畫家。

妳原以為拍拍背影就好，對方卻說，也拍一點正面嘛。剛開始，妳很悠閒的走過去，再走回來時，赫然發現有多少鏡頭對著妳，妳說：「就沒有那麼自然了。」他們是台北市攝影學會的大隊人馬，專程為拍梅而去的。後來又應他們的要求，妳再走了幾趟，完成了「客串模特兒」的工作。

很特別的經驗，我也覺得。

可惜，妳竟弄丟了他們給妳聯絡的紙條，看不到那次拍照的成果。

會不會這樣更美呢？因為只能在夢中追尋了。

再見，白河

別後
多少魂牽夢縈
思念讓人老
曾經
她是超凡出塵的蓮
綻放在山青水碧之間
清新的容顏
在我的心湖中
一再映現
從來不曾凋零
不曾淡忘

白河的聲名遠播，是在我離開之後。

本來只有少數的田地，在休耕時改種以蓮。由於我教書的學校三面是農田，常常我站在二樓的教室，透過窗口，就可以看到那迎風招展的蓮葉是怎樣的丰姿綽約。奇怪的是，我愛看蓮葉遠勝於花。其實，蓮花也美，亭亭淨植，且出淤泥而不染。觀看蓮葉的舞動，可以測出風的流向，為我平靜的教學生涯，帶來了許多的遐想和歡愉。也許是由於蓮的經濟效益高，全株都有用途，在農會的大力鼓動下，漸漸的，種蓮的人越來越多，白河於是成了「蓮花的故鄉」。

早些年，當暑氣正盛，蓮花綻放，偶而有攝影家前來拍照，也有畫家揹著畫具來寫生。淳樸的鄉間不起波瀾。

一切彷彿是在我搬離之後，白河與蓮花不斷在傳播媒體上出現，越炒越熱。我心中固然為白河的鄉親感到高興，希望有助於改善他們的經濟環境；卻也不免擔心白河原有的寧靜會受到影響。每年暑假「蓮花季」的熱烈展開，遊客絡繹於途，我一直不曾躬逢其盛。私心裡，也許也是一種「近鄉情怯」吧。

還記得久遠以前，我有個同事是韓國僑生，他曾在白河教過兩、三年，後來到法國留學，拿了博士學位以後回台，在北部的大學教書。每次他有事南下，就回到白河來看我們。他曾跟我說：「白河，是我在台灣的故鄉。我也覺得，故鄉原本就應該是這個樣子——安靜、樸實、溫馨、親和……」

在我的記憶裡，白河也一直是如此的風貌。

我終於再次見到白河了，距我的離去有十二年了。

所有的道路寬闊平坦，那條主要街道的每一家商店，我竟然完全不認識。處處都見到廣告，商業氣息瀰漫，從前的淳樸早已蕩然無存了。我真的不知道，白河是否因而大發；我只明白，我心中那個有如桃源一般的鄉鎮已經渺不可尋了。

回到我曾經執教多年的學校，校門氣派，校舍巍峨，這個煥然一新的學校，漂亮得好似別人的，我不免有些惆悵。幸好門口的兩排大王椰依舊，又高又大，只是也老了，它們的枝葉在風中輕輕搖曳，彷彿在說：「故人別來無恙！」

我在校園裡繞行一周，操場上的黑板樹當年方才栽下，如今也已亭亭如蓋。歲月飄忽，轉眼我們也將老去，然而看到年輕的一代已經逐漸嶄露頭角，在各個方面都有優異的表現，讓人欣慰。我深信教育的不容輕忽，人才的培育是國家的根本。……

當車子逐漸駛離這個我曾經魂牽夢縈的小鎮，再見，白河！再見，我的青春！我曉得，屬於自己生命中的一部分已經遠去，畢竟無從喚回。

空心的老樹

曾經波濤洶湧
曾經驚拍著岸
如今一切都已遠去
只留下一片寧靜
如一個藍色的
半透明的
夢

樹空心，該怎麼活呢？

他們說：「國姓鄉北港村那棵空心的茄冬老樹，已經有三百歲了。」於是，我們走過寧靜的鄉間小路，路旁有正在開花的檳榔樹和木瓜樹，還有氣味特殊的香茅草，空氣中瀰漫著一股說不出來的清香，我們踩過一層層的石階，終於看到了那棵空心的老樹，昂然矗立。

啊，多麼讓人驚歎啊！大自然的神奇，又哪裡是我們所能想像的呢？樹高有六公尺，枝繁葉茂，生機盎然。歲去歲來，空心的樹竟不曾枯萎而死，反而在空心的地方長出了許多新的氣根來，這是一種代償的作用，使它又重新恢復了活力，成了當地最大的老樹。

大地也是這樣。歷經九二一的震劫，多少屋毀人傷；然而，在抹去淚痕之後，唯有自力更生，毀去的屋舍可以重建，受傷的軀體逐漸癒合。世上沒有過不了的難關，除非自我放棄。而北港村的梅林社區，便是成功的示範社區，努力呈現了好山好水好人情。

當地的居民強烈的認同社區，使得一切的推廣得以順利進行。有梅花鼓隊來傳承民俗技藝，有社區媽媽舞蹈社的表演，有農村鄉土文物館的展示……他們群策群力，積極打造新家園，拚命要從重創中站立起來。

他們才是真正熱愛這塊鄉土的人。積極修復糯米石橋，讓原本古樸典雅的造型更具藝術之美；希望觀光和產業相結合，以活絡農村經濟；種花種菜種水果，這真是一個繽紛的家園……他們的凝聚力強，對鄉土的摯愛洋溢於言談舉止之間，讓人為之動容。

此地的震災曾占半數，受創不可謂不重。空心的老樹依然活得神采奕奕，一定也給了他們很大的啟發和鼓舞。只要勇於堅持，絕處也可以逢生。

今天，居民紛紛以笑靨和熱誠來款待蒞臨參觀的人們，他們知道，這是新生活即將展開的序幕，而未來，必然會更好。

大雁展翅飛

曾經風起雲湧
曾經詭譎多變
當一切已成過往
漂浮的雲朵
只留下一片溫柔

一棵空心的樹由於長滿了氣根，得以存活下來，綠意盎然。曾經處處斷垣殘壁的村落也能浴火重生，展現了無窮的生機。

我們走在南投魚池大雁村的鄉間小路上，眼前但見四面環山，層巒疊翠，田園靜好。有誰能想像當年的九二一，它曾經被震得滿目瘡痍！

災區的重建，在同心協力下終究卓然有成。當我們行經一片蔥蘢的大地，重創的傷口早已癒合。現實的生活如此逼人，容不得你繼續垂淚哭泣，而太多的淚水只會使人軟弱，稱不得英雄好漢。他們終於收拾起黯淡的心情，努力重建家園。倒塌嚴重地區，在共同的規劃下，採用斜屋頂的設計，竟成了獨樹一格的特色，呈現了嶄新的風貌。

他們用心拓展屬於自己的社區特質，希望將農業和文化、休閒、觀光加以結合，於是有了五條枕木步道。當我們四處瀏覽怡人的風光，林木和流水都是這般的天然可親，而腳下的枕木更讓人覺得，與萬物的和諧相處也可以如此天人合一。

如今的澀水有陶窯，還有陶藝教室。親手捏陶，自有樂趣。聽說，澀水陶初崛起時，原本只是木頭燒陶的蛇窯，當窯內的灰燼飛揚掉落到陶器上，並且產生了氣化，反而形成了一層特殊的自然釉彩，極為討喜，這是澀水陶所獨有的呢。

山楂腳的居民也種茶，阿薩姆紅茶曾是大雁村的主要產業，再造後，可以發展為休閒觀光茶園。讓遊客親自採摘一心二葉，並加以手工製作阿薩姆紅茶，一定別有趣味。其實，此地焙製的精緻紅茶濃郁甘醇，而且色香味俱全，值得大力推廣，讓大家都能品嚐阿薩姆紅茶的美好和芬芳……

大雁村去來，留有許多深刻的回憶，人情的醇美尤其難忘。大雁村曾遭重創，如今已能展翅高飛。雖然，我從不認為人定勝天，卻對於人性中的勤勉、執著和堅韌，給予崇高的敬意。

如果，這是一個奇蹟，我相信，必然是一個愛的奇蹟。

看見曙光初露

清晨
陽光在招手
整座美麗的城
正緩緩甦醒
我的心也彷彿
越過千山萬水而來

每天，天不亮就趕著去游泳，總是在游泳池的一角窺見天色已大亮。

今天，遠遠的就看到有一些人站在門口說話，怎麼不進去游泳呢？好大的興致！中秋節又還沒到，賞月？還早呢。

我終於明白了，大門深鎖，不得其門而入，難怪要在這兒苦苦的等待。

「打電話，找人啊。」

問題是沒有人知道經理的電話。

聽說教練去旅遊，副理也不在，經理呢？不曉得。

他們說：「上一次，也這樣。大家從五點不到等到七點多，才陸續散去。

聽說是經理睡太遲了起不來。」

「那，後來呢？」我關心的問：「經理表示歉意了嗎？」

「沒有，」惠說：「大概是吃定了我們，我們不吵不鬧，沒有抗議，他們也就不當一回事了。」

「可是，這是責任的問題啊。」

有人來，有人走。不到六點，已經有二十一人次了。有人嘀嘀咕咕，有人老大不高興。……

我在想，上一次，我為甚麼不知道呢？或許，碰巧我沒有來吧。

有個阿桑推個小行李箱來，她很驚奇：「不是五點就要開了嗎？哪裡有這樣的游泳池？」原來，她平日幾乎不來，今天起了個大早，興匆匆的趕來，不料居然吃了閉門羹。運氣有夠好了，大家都笑說：「應該去買張樂透。」

晨曦微露，墨黑的天空有了美麗的雲彩，秋風清爽，看陽光逐漸籠罩整個大地，各種車子多了起來，上班上學的人也逐漸忙起來了。

曙光初露，天地清新的容顏如詩。如果不是因為被擋在門外，無法如願的進去游泳，我大概也看不到天色微亮、大地甦醒吧。

原來，人世間的得失，有時也難說。

明日的憂慮

請放下世間的重負吧
山青水碧
足以洗滌心中煩憂
再尋力量以對抗風雨
在鮮潔的空氣裡
請深深呼吸
想像自己是一株卓絕的大樹
盤根錯節
滋生繁茂
挺立在天地之間
自在昂揚

我們活在世上，憂患多而歡愉少，所謂的「不為明日憂慮」，並不是要我們及時行樂，而是要把握現在。

明日的憂慮，明日再說吧。此刻，我們要盡其在我，勇於承擔，努力做好屬於今天的每一件事；而不是推託延宕，把夢想寄託在明天。古人說：「明日復明日，明日何其多？我生待明日，萬事成蹉跎。」的確值得我們省思和惕勵。

我常見那在事業上有建樹的人，發現他們都具有相似的人格特質：勇敢堅定、百折不撓，少有不切實際的幻想，都能劍及履及、腳踏實地。他們都明白：生命有限，時光不多，所以更要努力以赴。

是這般認真踏實的態度，為他們打下了良好的基業，飛黃騰達也就指日可待了。

只是，許多年輕人未必看到他們創業的艱難以及守成的不易，總以為那龐大的企業王國是來自際遇好。

天助自助者，唯有自助，而後方得天助。一個人如果不肯自立自強，而妄求旁人伸出援手，那不過是緣木以求魚罷了。自助，當然就從現在開始。過去既已遠去，未來則不免飄忽。唯有現在，才是最真實也最值得把握的。倘若，你連此刻都不知珍惜善用，又何以冀望有一個美好的將來呢？

明日的憂慮，且留待明日，相信自有解決之道。

人生如此美麗

潺潺的流水
那般抒情的聲響
鼓舞受創的心靈
努力越過苦難的柵欄
不要灰心，不要灰心

溪澗彈出我心底的弦音
讓美和寧靜來到生命之中
不必為錯過的花季流淚
因為山光樹影
都是佳景

謝謝你為我送來「馬諦斯特展」的門票。

一轉眼，我們相識也十多年了。雖說，由於是同事，因緣比較深；但，我們都明白：真正的憑藉，在於我們的心性相近以及彼此對文藝的共同喜愛。

尤其，四年前我曾遭喪母之慟，哀傷不能自已，心中徬徨，無所依歸。然而，時隔不久，你的母親中風，纏綿病榻多年。就在我們的生命都遭逢困頓之際，文藝始終是一帖良劑，給了心靈最好的撫慰，讓我們可以療傷止痛，有勇氣面對所有的風雨，也更加冀望晴朗的明天。

還記得許多年前，我第一次看你的畫。畫面上是一個臨窗而坐的女子，神情有些落寞，彷彿正打算遠行，腳下有簡單的行囊，窗外的遠處則帆影依稀……不知道為什麼那幅畫我常常想起。可是，當時我們初識未深，我無法貿然啟齒相詢，卻覺得畫裡訴說了太多的故事。後來，我忍不住寫了〈情歸何方〉的短文。羞澀的我不曾張揚，直等到文章刊出，我送了你一份剪報作為紀念。

據說，你拿著它四處給其他的好朋友看，一再驚訝的說：「為什麼她會這麼清楚我內心所想的呢？」這事為我所輾轉得知，也只能說：也許在內心的深處，我們有某些部分是契合的，故而可以相通。

從小，我的身體很差，經常生病，說是「藥罐子」也不為過。沒有足夠的健康可以仰仗，還能有怎樣的作為呢？每思及此，常令我消沉。也因為有這樣深刻的了解，我以加倍的努力來彌補。旁人看到了我的認真不懈，便認定我是樂觀而積極的。我也自以為隱藏得極好，外人無由洞悉。有一年，你開畫展，我為你的每一幅畫配上簡單的文字，只是寥寥數語，畢竟，畫才是主角，文字不過是陪襯而已。

待畫展結束後，你給我看觀賞者的留言。有人居然這樣寫著：「為什麼文字這麼悲傷呢？」我瞿然以驚。是的，言為心聲。文字，仍不免洩漏了我真實的內心世界。我雖然竭力掩飾，畢竟不能瞞天過海，就在不經意之間，蛛絲馬跡都是線索。

近年來，我的生活不再那般的緊張急迫，我開始去學游泳，後來更日日晨泳，不論寒暑風雨。我的健康因此有了明顯的好轉，整個人不只有精神，而且更加開朗起來。我知道，只要我肯用心、夠堅持，還是可以做許多有意義的事。我未必一定能觸及夢想，但我清楚，自己一直都是走在前往夢想的路上。現在，我的日子過得開心極了，天寬地闊，世界一片晴朗，人生是如此的美麗。

不曉得什麼時候你會有新的畫展呢？我很樂意去幫忙。希望當年說我悲傷的觀眾，也能一掃先前的記憶，而看到我真正歡喜的心情。

我終究明白：創作的可貴，不論用的是線條或文字，它都忠實的呈現了我們內在的思維，無可逃躲。也許正因為這般的真誠，才能引發共鳴，尋到知音吧。

卷二

生活留痕

生活
是一條緩緩流過的小河
縱然無法回到美麗的最初
四周寂靜祥和
原來
平凡裡也有幸福

化蝶飛去

凝視妳最美的容顏
出塵的清芬
隨風飄揚
到我心的每一個角落
如果已經有過燦爛的一生
往日多少眷戀不捨
都像紛紛離枝的花瓣
羽化而為蝴蝶
蝶影雙雙　翩然飛舞

朋友送了一盆紫紅色的蝴蝶蘭來，她說：「你太沮喪了，需要鼓舞！」謝謝朋友的美意。

在初春的微寒天氣裡，我蒼白的日子，果然因這盆蝴蝶蘭而感到溫暖多了。原本深陷低谷的心情，似乎也慢慢的回升。友情，的確是人生荒漠裡的甘泉，我何其幸運擁有那麼多朋友的關切。

前些時候，我還寫下這樣的文字：「不論紅塵有多少試煉，我都敬謹的接受屬於自己的功課。」人間的酸楚何其多，生命的苦酒無法拒飲，一口飲下，或也不失豪邁吧。

年少的時候，我常在校園的鳳凰樹下，撿拾花朵，做成蝴蝶，夾在書頁裡，幾十年了，這些蝴蝶都不曾飛去。不飛的蝴蝶到底是永恆，還是更大的哀傷呢？我又能問誰去？

一轉眼，農曆春節又快到了，家家戶戶忙著清掃、買辦年貨……小時候期待年節的興奮，一年淡似一年，或許是因為離童騃的歲月日遠？或許是因為天真的心早已遺落？

到朋友的部落格去看梅花，美到讓人驚歎，最後我竟然無法言語，屏息的看，看到險險就要落淚。這些凌霜雪、笑傲枝頭的梅花，宛若翩然飛來棲息的白蝶，又是怎麼拍成的呢？那麼，多情的是梅花？還是拍攝的人呢？

几上的蝴蝶蘭依然靜默，善盡了陪伴的責任，微風吹來，花瓣輕輕的搖曳，竟彷彿就要化蝶飛去了。

難道是我在夢中所見嗎？

我趕忙坐了起來，細看，啊，蝴蝶蘭仍在，那朵朵的笑靨，應該都是春天的祝福！

友誼也甜蜜

曾經兩小無猜
曾經
雨天裡共撐一把傘
曾經
同走一段年少歲月
當年自覺尋常事
如今思量
溫馨滿懷

謝謝妳一直都記得我。

初中畢業以後，我們就不曾見過面。雖然，我們住同一個小鎮，妳在鎮上，我則住郊區的糖廠宿舍，方向不同，相同的是我們都外出讀書。妳讀屏東師專，我讀了台南女中。

也曾思思念念，但多少次失之交臂，一別竟有四十年。再相見時，我們都已告別了職場，正寫意的過著自己喜歡的生活。是因為這樣，我們才更加積極的尋覓對方嗎？或許，是直到此刻，方才因緣具足，我們終於見面了？在久久的擁抱後，我們不斷的說著話，彷彿想要填滿那遠去的、空白的歲月。

我們的住處分隔遙遠，妳仍住在當年的小鎮，我則經三遷四徙之後，定居台北。別後的第一次見面，是妳到台北來會我。我也很興奮啊，我也說要到台南去看妳。

我很忙，但不至於忙到抽不出時間來。問題是，我扭傷了腳，短期之內無法走路，於是相約的時間只得一延再延。

夏天過去了，秋天到了。我突然收到妳寄贈的一箱麻豆文旦，原來，中秋節就快到了。我曾在麻豆住過很長的歲月，那時候，家裡的院子就有幾棵文旦樹，它開著細碎的小白花，幽幽的散發著清香……當然，我們也知道好吃的文旦，個兒小、無子，甜如蜜，這多半得出自老樹了。在白露節氣的前後十天，是採收的最佳時期。麻豆的人愛親朋故舊，鄰近中秋佳節時，常大手筆的餽贈，堆得貨運行、郵局滿坑滿谷的。

我打電話跟妳道謝時，妳還直問我好不好吃？我才剛收到，還沒打開來呢。妳說，如果吃了，得告訴妳甜不甜？我只好剖開一個來嚐嚐，果然是個兒小、無子，甜如蜜呢，必然是出自老樹了。

謝謝妳一直記得我，連我們的友誼也是這般的甜蜜。

鄉下

總是在夢裡相逢
故居前院的蓮霧樹想必更高更大
結出纍纍的果子誘人
蕉葉鮮綠的巴掌仍留有雨滴的聲響
每每敲在記憶的弦上
風拂過草地的清香
茉莉吐露的芬芳
有詩意瀰漫……

我的成長歲月都在鄉下度過。

那時候，我們住的是寬宅大院，木造的日式房子，其實是日本人留下來的。幾經改造，不再有榻榻米，但紙糊的拉門、木格子窗仍在。院子尤其寬闊，日本人極重視庭園設計，不只花木扶疏，還有燈台、假山和水池。那些年，我們的年紀還小，整天忙著讀書，爸爸上班，媽媽操持家務，各有所司。也許是因為從來都住這樣的房子，我並不覺得希奇，只是偶爾聽到媽媽抱怨，說是房子大收拾不易，還有落葉怎麼掃都掃不完。

讀高中時，我們陸續外出求學，寄宿在外，都不比在家舒適。上大學時離家更遠了，住在學校裡的女生宿舍，也有機會認識更多的人，才發現不同的家庭背景、相異的價值觀，使得彼此的言行大相逕庭。這在我，是衝擊，也是學習。

當然，我還是結交了許多志同道合的好朋友。有時，也邀約朋友到我們鄉下的家來玩。在鄉下，沒有五光十色的娛樂場所，但空氣鮮潔、風景秀麗，也另有引人之處。

多年以後，家搬到了台北。巧遇當年故舊，她跟我說：「我多麼羨慕你們在鄉下的大房子啊。我常覺得，能在那日式的房子裡住上幾天，人生就沒有遺憾了。」

我聽了大吃一驚。她為什麼不早說呢？如果我知道這是她的心願，輕易就可以邀她來小住的。然而，現在畢竟是晚了，搬離鄉下後，我們原先的房子已換了主人。不過明白有人曾如此看重我們的舊居，我的內心仍是喜悅的。

還記得，前庭的釋迦樹，就對著我的小窗，纍纍的果實常是讓小鳥給吃了。而後院的葡萄藤下，風兒送來清涼，走廊上，媽媽常坐在縫衣機前為我們縫補衣服，我則嘰嘰呱呱，跟媽媽談著學校裡的事……那真是一段難得的親密時光。

如今，我住在水泥森林已有多年。每當午夜夢回，想起住在鄉下的歲月，覺得那實在是上天的恩賜，讓我的身心都能受到大自然的薰陶，從而擁有了清靜自在的本性，不被世俗的功利所污染，歡歡喜喜過一生。

大溪看花回

陽光正好
白雲在天際遨遊
我們的心也跟著飛翔
此時
攜手處
言笑宴宴
如詩也如歌
留予他年說夢痕

深秋時候，朋友約著去大溪看花。

昨天還飄著毛毛雨，天氣不很好，朋友打電話來，說：「別忘了我們有約。」這事我記得，如果天氣不好呢？就隨意逛逛吧，自在就好。

沒想到天氣真好。好像這是上天送的禮物。

到了大溪花園農場，果然環境清幽。不是假日，更讓我們享有了整座花園的美麗。花園分畦栽植各種花草，在這個季節裡，有鼠尾草、薰衣草、大理菊……艷麗的五彩葉、鳳仙花在陽光下仰著笑臉迎人，昭告了秋光的美好。

愛攝影的朋友，早就對著路旁的那棵相思樹拍個不停。相思樹的姿容煥發，挺立著屬於自己的美，傲岸而不媚俗，自成一格，連我也動容。

金風送爽，蔚藍的天空有白雲悠然而過，我說：「雲很美！」同行的朋友指著右後方的雲說：「的確，那雲很美。」我卻嫌它過於亮眼而囂張。我笑著指左前方的雲說：「我喜歡這樣的雲，一朵朵潔白卻也柔和。」想起我認識那個叫「雲」的女孩，謝謝她多年來一直以善意待我，也給了我許多的溫暖。天空寬闊無垠，一如我對她的懷念。

我們在梵谷餐廳用餐，每個盤子色澤不同，卻頗有梵谷畫意。對著窗外的花草，心情的悠閒，舉目所見也就無一不歡喜了。

走在樟樹下，這樹已有年歲，細細碎碎的樹影灑了我們一身。朋友熱心的替我介紹樟樹，她不知我年少時住在麻豆的糖廠宿舍，樟樹是我們的路樹，那條路迷離有如夢境，老讓我在別後時時想起，無法忘去。

秋天，還真是菊花的季節，不論她們被冠上怎樣夢幻的花名，我都能一眼瞧出屬於菊科，其實這個季節，她才是當家花旦！

大溪看花回，已是黃昏，竟然下起小雨來。原來，白日的朗朗晴空，果真是上天給予的禮物。

散步在老街

前庭寂寂
花已紅
綠意四處流淌
陽光多溫柔
街景如畫
等待有緣人的欣賞
此刻
我先將這美存留心版
待他年　重讀時
應也如詩

我在老街閒閒地走著，所有初春的沍寒終於遠去，此刻陽光正好。

想起前些日子的淒冷，都三月天了，幾番寒流過境，夾帶著風和雨，山上還下起雪來呢。行人悶頭疾走，出門總多不便，我在家忙著看書，另有一種愜意。只是時日久了，陰雨的天氣到底讓人生厭。看到今午的陽光晴好，多麼讓人雀躍，彷彿我是一隻鳥，正待展翅飛翔，飛向那寬闊的藍天。

我在老街閒閒地走著。其實，台灣有不少老街，有的年久失修，淹沒在歲月的長河裡，竟成了荒蕪一片，殘破不堪的景象令人扼腕。有的成為觀光的所在，遊人如織，商機無限，多的是雜遝擁擠，盈耳的全是喧嘩。

再造老街，原本是希望延續它的生機，能成為觀光地也是好的。畢竟，原始的老建築得到了保存和維護，可以留給後代子孫。可歎的是，有些人只忙著吃喝玩樂，無暇仔細觀賞久遠年代的典雅風格，也完全不能理解這些牌樓雕刻的意義，就像入了寶山卻又空手而回，是多麼可惜的事啊！

也許是少了那份珍惜的心意，不免辜負了這些走過百年時光的老街。也許是源於無知，不知探源的可貴，在輕忽裡，漠視了過去歷史的風華。

我住的地方鄰近龍山寺。古稱艋舺的萬華，曾是淡水河上耀眼的珍珠。當年號稱「一府、二鹿、三艋舺」，其盛況可想而知。而易名為「萬華」，想必是取其萬年繁華的深意了。龍山寺的信眾極多，更是知名的旅遊景點。周邊有青草巷、番薯街，也都頗有特色，尤其，小吃和服飾更是聲名遠播。

也由於住得近，我常可以利用人少的時候去閒逛，沒有人擠人的喧嘩，反而多了幾分悠閒的意趣。

有時候看小販的買賣，有時候看香客的虔誠，有時候看街景建築的特色，我總覺得有趣。市井小民的生活就在這老街之間，生意盎然的上演著，可以觀賞，更可以親近，原來傳統和現代未必不能相容。一磚一瓦的老街建築，見證了昔日的繁榮，也是我們如今文化和觀光的珍貴資產。

我在老街上閒閒的走著，想像當年繁華的勝景，走一趟古意的街道，觀光，正是舊文化的新出路，我的心是如此充滿了歡喜。

怪異的夜晚

從黑暗中引渡而來的
一盞光明
驅走了所有
夜的驚怖
歡喜跟著降臨

如今我回憶起來，那個夜晚的確充滿了怪異的氛圍。

跟團到新加坡旅行的最後一晚，我們投宿的旅店房間，發生了一些奇奇怪怪的事。

房間裡，有兩張大床，每床各睡兩人。我和小其一起，小其是潘的小兒子，為甚麼他沒跟媽媽睡？這，我不知曉。潘則跟西萍一道，兩個人頭一沾枕，早就夢到爪哇國去了。

大概是白天的行程過於勞累，我老是翻來覆去的睡不著，小其似乎也不安穩。有一次，我張開眼睛，竟然看不到小其的頭，這一驚非同小可，仔細一瞧，他把身體折了起來，我拍拍他：「小其，要睡好。」再過了好一陣子，也不曉得多久，我發現小其用被子把自己整個蒙了起來，我怕他會窒息，忙著拉開被子，讓他的頭能露出來透氣……整個晚上我就這樣折騰。想想自己再不睡，明晨哪裡起得來？另外兩個人則好夢正甜，多麼讓我羨慕啊。我決定再不要老是盯著小其，「該睡了！」我告訴自己。轉過身，我背對著小其。迷迷糊糊間，居然聽見有重物下墜，「碰」的好大一聲，然後就嘎然而止。我立刻坐了起來，赫，有一幅畫掉下來了，就立在小其和我之間，直挺挺的，沒有偏斜，也沒有砸出人命來。我檢查了一下，一切都好端端的，鉤子仍在，並未脫落……「不好意思喔，我幫你挪個位置吧。」我一邊說一邊把畫擱到牆角去，累極，終於在恍惚中睡去了。

第二天問同房的她們，竟然沒有人聽到半夜的聲響。到櫃檯退房，交回鑰匙時，我問櫃檯小姐：「我們的那個房間，是不是不太乾淨？」小姐靜默無語，沒有搭腔。

直到今天，事情都過去好幾年了，我現在想起來，那個並不平靜的夜晚，心裡仍覺得毛毛的。

多麼怪異的夜晚啊！

秋意微涼

黃菊盛放在簷前
想，秋的氣息濃了
天涼如水霜也白
前塵往事
在我的心頭環繞
煙波江上
流水心情

季候已經入秋，溽暑終於過去了。

再不必揮汗如雨下，再不必望著大太陽興嘆，視外出如畏途。有時候也可以安步當車，四處閒閒走走。天涼秋光好，隨處可以感知陽光的溫柔和大地的生意。台灣，其實是個美麗的寶島，尤其這些年來，鄉鎮也都各有特色，頗能引人入勝，都成為休閒的好去處。

清晨四點多，天還未亮，我站在車牌下等公車，要去晨泳。清潔隊員已經陸續上工了，計程車來來去去，還在工作嗎？還是也打算收工了呢？由於公車站牌鄰近酒家，也有一些綠燈戶的小姐來等車。她們大半樸素，大大粉碎了我原本對她們的刻板印象，以為她們生張熟魏，便也妖嬈美麗、媚態可人。或許，人也有百百種，看來，她們願意省下昂貴的計程車費，而搭平民化的公車，也算是儉省了。還有人跟我說：「客人各有不同，有的也會喜歡比較樸素的。」……曾有好一陣子我改了游泳時段，現在重新恢復，有些熟悉的面孔不見了，有些陌生的出現了。時光如流水，難道人也一樣嗎？

上車、下車，我走在前往游泳池的路上，大地依然靜悄，清涼的秋意，讓走路也成為一種享受。仍有秋風輕輕拂過，而我就要下水游泳了，想像自己變成一條魚，嬉戲於水波之間，何等的愜意啊！心中的清涼伴著歡喜，彷彿又更增添了幾分。

就在秋意微涼的清晨，我要去游泳，多麼的快樂啊。

紫色的心情

歲月無驚
田園靜好
只要
有美麗的心情
尋常生活
也是詩

紫色，是一種怎樣的心情？
也應該是沉靜、優雅和歡喜的吧。

朋友慧惠說中午要來我的住處，會帶一些「棉花田」的餐點，問我想吃甚麼？她舉了一大串名稱，我選定了紫米飯糰。「棉花田」是台北一家有點名氣的連鎖店，專門推廣生機飲食。

我和慧惠認識，一轉眼也六、七年了。她不是我的同學或同事，而是泳友。我們工作的性質相近，加以都要照顧年邁的父親，有過類似的焦慮、不捨、徬徨和委屈。這，讓我們有機緣交換彼此的心得，也相互鼓勵打氣。

慧惠極瘦，有模特兒的衣架子，可惜她不走伸展台，無人見識她的好風采。她學佛十分精進，比起我來用功多了。結交的，也多是方外之士，如師父或教佛學的老師們。

我給慧惠燙了一盤青菜，我想外頭的食物，蔬菜不多，她竟連菜湯都喝了，惜福如此，多麼讓人讚嘆。

我們吃了苜蓿芽手卷、點心、沙拉，她吃米粉，我吃飯糰……還有切成細條的青芒果，她吃了兩條，嫌酸，我則面不改色的全都吃完。彷彿回到了年少的時光，在那個缺乏零嘴的年代，誰有耐心等到枝頭的芒果黃熟？我們常打落院子裡的青芒果，醃漬來吃，酸酸甜甜的滋味難忘。

說了許多話，慧惠要走了，拿出口紅來抹，才知她偏愛紫色，唇筆是紫，小化妝包是紫，連唇膏的外殼也是淺紫，幸好口紅不是紫色。

那麼，她的心情呢？也是紫色的嗎？

彷彿回到年少

童年的故事已經老了
記憶，依然年輕
生命的傷痛
從來被小心的隱藏
只是偶然
在熟悉的書頁中
在不經意的一瞥間
疼痛像狂潮襲來
我是那哀哀哭泣的小女孩
原來，長大的
只是我的身軀
心卻仍舊天真

近日，藉由漫畫的牽引，已是中年的我彷彿又回到了年少。我的朋友裡，有那極愛看漫畫的。總在閒聊時，忍不住跟我說，某套漫畫書有多麼好看，某套漫畫書又是何等的有趣……我聽多了，不免好奇，有一天終於說：「改天，妳也挑兩套來借我看吧！」

朋友聞言大喜，果然搭了計程車，捧了兩大套漫畫書來借給我。我真懷疑，難道是她找不到周遭的同好嗎？或者，到了這個歲數，我偶發的興趣，竟讓她引以為知己？

她帶來的是：手塚治虫的《怪醫黑傑克》和安達充的《虹色辣椒》。同樣都屬於日本漫畫。

我一讀之下，果然也很喜歡。尤其是《怪醫黑傑克》，漫畫書還能有這麼深刻的內容，足以發人深省，實在很難得。黑傑克是個天才怪醫，臉上有著可怕的疤痕，表情冷漠、眼光敏銳，身穿黑斗篷。他的醫術精湛，卻是個密醫；需索的手術費驚人，有如海盜。當然被排除在主流醫療體系之外，也被譏諷為：敗類、死要錢。但就在這一個又一個的漫畫故事裡，我們看到了瀰漫於其間的愛與勇氣、理想與正義，更有對生命的關懷和尊重，讓人為之感動不已。

至於《虹色辣椒》，說的是大雜院裡七個同父異母兄弟姊妹的故事，劇情的發展簡單，但人物的描繪細緻，無論神情、手腳、身軀的靈活，都畫得很好，許多景物還都有工筆畫的效果呢。

原來，看漫畫也可以這麼的趣味盎然！

其他的朋友知道我最近正忙著看漫畫，都覺得驚奇呢；一聽到我居然稱讚漫畫好看，還不敢置信。有個朋友竟然對我說：「妳大概是童心未泯！」也許，也許，因為這兩套漫畫書畢竟是經過選擇，所以可看性也比較高。也許，我的心中真的住著一個小孩，天真活潑好奇，並未隨著歲月的流逝而消失。

有誰的童年不曾著迷於漫畫書的呢？

還記得我小的時候，也看了許多的漫畫，像《四郎真平大戰魔鬼黨》，像《阿三哥》、《大嬸婆》……那時，還有進口的漫畫雜誌《兒童樂園》，其中的「小圓圓」，多麼的可愛逗趣。後來，爸媽還買來迪士尼出版的漫畫書給我們看，有唐老鴨、米老鼠等，真讓人百看不厭。那是我年少時候甜美的回憶，也有著父母對我們的深深疼愛。

當我長大以後，日本漫畫才大舉登台，卻也和我錯身而過了。現在才來看這些漫畫，或許也是冥冥之中的一種補償吧！

愛看漫畫的朋友對我說：「看漫畫，主要還在紓解壓力。」我相信，好的閱讀都有這樣的效能，漫畫也不例外。

藉著漫畫書，我也彷彿重新回到了年少，那無憂的時光，浸沉在有趣的圖畫故事裡，忘了世俗的一切，有的只是由衷的快樂。

那樣的快樂，多麼單純啊！

白雲深處

看雲的變幻莫測
繾綣且多情
山也迷濛
樹也朦朧
遠逝的歲月悠悠
我的祝福
能否遞送給
當年岡上的人兒？

和朋友到陽明山玩。望著遠方，白雲深處裡依稀有巍峨的建築，因著距離的遙遠，讓人看不真切，但是我知道：那是華岡。

華岡是文化大學的所在地，也是我的母校。

初履華岡時，它才粗具規模。嶄新的建築，雕樑畫棟，很有中國的風味，可謂「別具一格」。而空曠的山野，讓我們四處雲遊，且行且歌，遺落在小徑上的，都是屬於青春的樂章。

年輕，是這般的美好。只是當年，恣意揮灑著青春的我們，是不是真能明白，別人欣羨的眼光正投注在自己的身上呢？

畢業多年後，我的老同學跟我說：「人在福中不知福哪！好像才一轉眼，青春早已遠揚，自己竟然就要老了。」

是的，時光的流逝悄然無聲，衰老的來到，竟然如迅雷不及掩耳。

然而，話又說回來，如果下一代逐漸長成，我們又有什麼理由能不老去呢？

有一天清晨，我在公車上聽司機先生在勸一個女乘客不要生養小孩。我想，他們是相熟的，那女人遇人不淑，還得為生活如此奔波勞苦，多麼令人同情。

但，顯然的，那女乘客不以為然：「可是，孩子也是個安慰啊。」

「可是要拉拔很久，太辛苦了。」

「等我老了，孩子就大了。」看來她是甘之如飴，可見母愛的偉大。

我想，上天必定隱藏在那白雲的深處，看塵世的我們是如何走完自己的一生？我們由少不更事、青春飛揚，直走到哀樂中年、兩鬢飛霜。其中歷經了天真無邪，也曾肩起重責大任，而後就是彩霞滿天、夜幕靜寂了。生命的意義，其實是由自己來確認。只要自己覺得無憾，旁人又有什麼資格強加置喙呢？

閒居無事時，我常望向白雲的深處，但願我能擁有生命的智慧，也希求自己的人生會是一場豐美之旅，更盼望在我離去之後，依然有人在不經意間仍能想起我來。

夜雨敲窗

不想再追趕著名利
不想再席不暇煖
那樣的路太狹隘了
那裡的世界過於浮誇
此刻的我
只想
許給山水清音
只願
分享書裡的繽紛

夜雨敲窗，那富含音樂的聲響如詩，引人遐想。我在屋內，守著一盞明亮的燈，讀我心愛的書。塵俗的雜念遠了，書中的智慧隨處閃現，還我清明的內在。沒有歌臺舞榭的聲色追逐，沒有虛偽敷衍的言不及義，我只是輕鬆自在的讀著書。當夜雨輕敲著窗子，我正透過文字走進作家的心靈，傾聽那充滿了哲思的言語；或在動人的故事裡，觸動了對生命的深刻感動。

我常想：在我們的一生裡，好書如同益友，對我們的進德修業極具啟發，實在不容輕忽。

聽雨點敲打著窗，更顯得夜晚的寧靜，此時，讀書好，沉思也好。我把生活裡的許多事情拿來細細思量，並印證書上的所學，覺得前人的智慧深廣，非我輩所能及，所以要更加惕勵，不可有絲毫的懈怠。一個驕矜自滿的人，常來自不肯虛心檢討，於是，言行舉止不免惹人議論。長此以往，可能眾叛親離。他是王，住在孤獨的城堡裡，無人聞問，一點也不快樂。

但願，我們都不會是這樣的人。

夜雨敲窗，細聽那如詩的音韻，因著周遭的安靜，加上又有好書相伴，我真心以為：有雨的夜晚，也是豐富而迷人的。

落雨的夜晚，你都在做些甚麼呢？

關卡

給你
所有的祝福
像花般的燦爛
美麗
也是一種永恆

人生有很多的關卡，有時候，面對困境，我們不免有所遲疑，何去何從成了重要的關鍵，影響我們未來的發展。

最近，我和他見了一面。他曾是我課堂上的學生，今年十八歲。

三年不見了。乍看之下，大吃一驚，他竟然從大胖子變成了大帥哥。

「你瘦了好多喔！」我簡直要驚呼起來。

「有二十幾公斤。」他曾經到維也納學過短期的音樂，離鄉背井，也讓他長大不少。當年下課後，和同學們追逐嬉鬧的孩子氣已經遠颺了，取代的是懂事和穩重，我真心為他感到高興。

還記得國中時候的他，對功課常漫不經心。即使宣稱喜歡國文，考試的成績也依舊一團糟。只有作文不錯，頗見細膩的思維。當年，他只是不愛讀書，待人及操守都沒有甚麼問題。

教了他三年國文，看他仍稚氣未脫。畢業後，他四處跟人說，他是我的學生，得到我很多的教導和啟發。

我很慚愧，自認不敢居功。

倒曾聽說，他讀高中時十分上進，努力讀書，似乎要彌補國中時所學的不足。這樣的消息，讓我寬慰。

再見時，他正打算推甄大學，然而此時，他的父親病了，他是獨子，便希望由他來接掌家族企業。

我心想，他才十八歲，實在應該讀書的。

我語重心長的跟他說，不管他做怎樣的決定，都不要放棄繼續求學的心願。多讀書，能讓我們增廣見聞，人生才天寬地闊。

祝福他，在重要的人生關卡上能做出正確的選擇。事事兼顧，當然最好，其實只要能堅定心志，雖然辛苦，世上也並沒有過不了的難關。

喜相逢

路太遙遠
所以你們要結伴同行
心與心的相連
手與手的牽繫
於是
天涯海角都去得

其實，原本是一場喜宴，演變到後來，卻彷彿是久別同事們的相見歡。怎麼會這樣呢？都怪我們學校太大了，單辦公室就有十幾間，分散四處，平日教書忙，彼此見面不易。於是，今日的喜宴，便有著雙倍的歡喜，連熱鬧也隨著加乘。

我們見識到了新郎母親秀滿的好人緣。學校裡的同事幾乎傾巢而出，有許多的人影在眼前穿梭不停，伴著驚喜的叫聲，有的相互寒暄，有的急急探詢，好似要把彼此之間曾有的空白立刻填補。有的只是含蓄的笑著，多少事欲說還休，或許沉默也是一種回答，又何必多費唇舌呢。有的像隻蝴蝶般的四處飛舞，桌桌都有他相熟的人，怕掛一漏萬，失了禮總是不好……場面似乎有些混亂，但也是喜氣洋洋的！

秀滿以婆婆之姿出現在我們的面前，多麼雍容華貴的婆婆！金色的長禮服，連首飾、高跟鞋也金光閃閃，看得我們驚叫連連；而她滿臉掩不住的笑意，無聲的宣告：就在今天，家有大喜！兒子長大了，佳偶天成，從此人生道上相互扶持，而一個溫暖的家，永遠是心靈最甜蜜的港灣。

結婚進行曲響起來了，一對璧人在大家的見證下結為連理，鬧哄哄的場面裡，祝福的話語是說不完的。台上，有嘉賓致詞；台下，有歡聲一片。

而後，喜宴開始。每一道菜，都冠以吉祥的名字，祝賀新人有美好的未來，永結同心，百年好合。

原來，每一桌還有「賓果」遊戲呢。只不知司儀的宣布，是否人人都聽清楚了？我們這一桌由資深美女李新獲得，是一個精緻的小玩偶；她卻慷慨的轉贈給林晴漂亮的女兒，是否意味著美麗也可以是一種傳承？

新郎新娘過來敬酒了，新娘又換禮服了，我們看得目不暇給，恭喜之聲不斷，人人都是歡喜的。

然後，我們又在人群裡忙著尋覓那熟悉的容顏，又是問好、又是敘舊，再訂見面之約。今天的主角固然忙碌，而我們這些跑龍套的，可也不得閒哪。

當喜宴結束，我們心中的興奮之情卻依然高漲。藉著這一次的喜宴，許久不見的朋友們終於歡喜相逢。

留住歡顏

燦爛的花顏
歌頌了人間的美好
每一朵花裡
都有一個祝福
你聽到了嗎？
你收到了嗎？

一個飄著微雨的春日，你們約著來我家。

這一陣子，我很忙，常不在家。有時候你們打電話來，白天，沒人接，晚上，竟也讓電話空響著，不知道我到哪裡去了？或者出了甚麼事嗎？……想來，讓你們擔心了。

其實，只是忙。

終於被你們逮到了。說是要來看我，好啊，好啊。好像怕我反悔似的，快快敲定了時間。食物、水果都會帶來，還一再叮囑我不必張羅任何東西。

那天，我家陽臺上的孤挺花怒放，我數了數，有二十朵，取其十全十美之意，這應該也是上天的祝福吧。

來了五個好朋友。

你們帶來的食物太多了，包子、饅頭、鍋貼、牛肉、鴨舌頭、蟹殼黃……還有水果，量更是驚人，結果有一半沒吃，只好藏放在冰箱裡。

大概以為我成了餓莩，不把我餵成個圓球，誓不甘休。

我們飯後喝茶說話，談其他老朋友們的近況，也為紅塵的滄桑而唏噓。

美玉還帶了她的畫來給我們看。她的國畫，無論花卉、雲霞、山水，都有含蓄蘊藉之美，一如她的溫婉可人。前些日子，她到洛陽賞花，我們也看到了她筆下的牡丹，氣韻生動，美不勝收。

西萍的神色更勝往昔，看來似乎年輕了不少。

秀滿走過了喪親之痛，來到我們之中，和我們一起歡笑。

祖鸞活潑，學畫、唱歌，還在我們跟前跳起舞來。

我們更在桂英天真的話語裡，笑出了眼淚，也忘去了世俗的煩憂。……

歡樂的時光容易過，轉眼，日將暮，你們也要離去了。終於，你們都看到了陽台上展露著笑顏的花朵，秀滿說：「蘭花也快開了呢。」可不是嗎？數一數，有五個花苞呢。

好朋友們，蘭花開時，記得來玩喔。

簡單

我的居所
是一座美麗的大花園
芳菲處處
鶯飛蝶舞
我時時提醒自己
寧願我
簡單的心
清純如百合
謙和似雛菊

我常想：將來，我會以怎樣的詞句來概括自己的一生呢？該只有「簡單」兩個字了。

我是一個簡單的人，有著簡單的思維、簡單的經歷以及簡單的堅持。因著簡單，我像一本翻開的書，字字清楚，句句明白。沒有機巧繁複，也沒有造作雕琢。因著簡單，所以平易。

也由於太簡單了，多半的時候我都顯得呆呆的，反應不明快，才思不敏捷，故而謹守本分，不敢冒險犯難，更不敢胡作非為。厲害的人也瞧我不上眼，唉，勝之不武嘛！因此放過了我，我便還能繼續保有簡單的生活，不受干擾。君不聽聞「天公疼憨人」？我，正是那憨人哪。

朋友們都喜歡我，因為我總是真誠相待，也因為我簡單吧！和我在一起，他們很容易就能察覺自己的聰慧和能幹，這一點特別讓他們開心。啊！他們都是漂亮的牡丹，而我是在一旁扶持的綠葉，我也覺得很好。

師長們喜歡我，因為我總是乖巧而聽話，也因為我簡單。師長的教誨必定念茲在茲，不敢有所違抗。循規蹈矩的結果，我的人生少有繞道之苦，看來平順多於拂逆，如今細細思量，也是福分。

我總是笨笨的，有太多的話聽不懂，太多的事情弄不清楚，所以做起事來不敢偷斤減兩，必定步步踏實。這年頭肯老實做事的人少，因此多蒙長官謬賞提拔。又因為勇於堅持、認真以赴，日子久了，也能看到小小的成果。

就像寓言故事中的龜兔賽跑，儘管烏龜的步伐很慢，畢竟是在前行之中。只要方向正確，鍥而不捨，日積月累之後，也依舊能夠抵達目標。比起一些好高騖遠的人，我的務實反而有所得。

因為簡單，我一直保有心境上的單純和平靜，我與人為善，也覺得日日是好日。

簡單的人生也許不夠精采，沒有大起大落，也少了恩怨情仇，我卻以為那最適合我呢！

出口

或站或坐
卻各有各的忙碌
各有各的心事
陽光
在外頭招手
竟無人理會

那天，公車上並不擠，後面也仍有空位，只是我很快就要下車了，便站在第一個座位的旁邊。

位子上坐的是個五十多歲的女人，臉上搽的紅紅白白的，一身穿著俗麗。

我看向窗外的華江橋，車子的流量很大，大家都忙著趕去上班吧。這，真是一個充滿了希望的早晨。

突然，座位上的女子很兇的瞪著我，惡聲惡氣的罵著。我愣住了，一點也不明白為什麼她會如此的憤怒。等我弄清楚，原來是車子行進間，我的背包不小心碰觸了她的手臂，她自認受到了侵犯，所以大聲的表示不滿。

我趕忙向她道歉，也立刻換到另一邊站著。不再看到她那張扭曲的臉和生氣的表情，也讓我大大鬆了一口氣。

有人小聲的跟我說：「別理她。她神經病！」也許，那正是上一個和我有著相同遭遇的人吧。

她到底是做什麼的呢？瞧她全身俗艷以及悍然的神情，想必人生多風霜。她會不會是萬華站壁的流鶯呢？這樣大的歲數，還得以原始的本錢去換取生活的所需，其間該有不為人所知的酸楚吧。

在這個世界上，每個人都有各自的苦痛需要承擔。有的人插科打諢，看來玩世不恭；有的人死要面子，寧可粉飾太平也不願自揭其短；有的人則卑微自棄的活著，如同行屍走肉……

你怎麼看待生命？你又怎麼看待自己？這關係著你的人生定位。

其實，每個人都負荷著不同的壓力，來自生活、工作、家族、親子……壞脾氣極易引爆，因為它急於找到一個出口，以紓解心中的壓力。

這麼一想，我便也原諒了那個女人的囂張無禮。

唉，希望她在發完了脾氣以後，心情真的能平靜下來。

不只是慈愛

讓傷悲隨著落葉一起埋葬吧
在這靜靜的水塘
我看到蜻蜓的紛飛
像寫著一首童年的歌謠
只是我再也唱不出來
那遺忘的歌詞
化為塘邊的水草
點點青碧
點點愁

知道王義雲伯伯辭世的消息，這世上我們又少了一位讓人尊敬的長輩，他留給我們的，不只是慈愛，更是典範。

王家和我們是同鄉，那時候我們都住在小港糖廠的宿舍區，相距不遠，童年時的我們，常隨著奶奶或媽媽上王家去玩。大人們閒話家常，小孩則玩在一起。我才讀國小，王家的小川哥哥和小姍姊姊都是我們學校裡出了名的模範生，我和小屏一樣大，但不同班。我的弟妹們卻又更小了，他們也喜歡到王家來，也許是王家和樂的氣氛吸引了我們吧。

那時小港還是鄉下，到高雄市區有公車可以抵達。在我們的眼裡，高雄是個繁華的大都會，吃喝玩樂樣樣俱全，不是貧瘠的小港所能望其項背的。其實，小川哥哥也大不了我多少，卻很有見地的跟小姍小屏說：「我們到高雄去，買書就好；至於吃，在家吃就可以了。」王家愛看書，尤以王媽媽為最，在良好的身教薰陶之下，也難怪兒女個個品學兼優了。有時晚上，王媽媽看書倦極睡去，遲歸的王伯伯總是輕手輕腳的推門返家，惟恐驚醒了熟睡中的王媽媽，今日想來應是伉儷情深。

後來王家搬走了，仍在稚齡的藻妹無法理解，常吵著要上王家玩。奶奶百般勸說無效，只好牽著她的小手前往，直待看到人去屋空，方才相信王家已經不住在這兒了。幾年以後，我們也離開了小港。

大學時，我初履華岡，讀我喜歡的文學。王家早已搬到台北的木柵，我家卻仍在南部。讀台大的小姍姊姊曾銜母命前來探望，記得那日，山上細雨紛飛，小姍姊姊穿著深藍色的風衣，恬靜的笑容、出眾的氣質，立刻轟動了我們整個寢室，人人都在問：「那個氣質絕佳的女子是誰？」……

藻妹後來進了外交部的護照科工作，有一天，她見到一位溫文儒雅的長者前來辦護照，資料上的名字是王義雲。當年王家搬離小港時她年僅三歲，但她的確記得這個名字，便鼓起勇氣說：「請問，您是不是曾經住過小港？」二十多年的暌違，王伯伯大喜過望，怎料到當年的小娃娃如今已經長得這麼大了！

爸爸退休後，我們也搬到了台北，兩家依然互有往來。隨著歲月的流逝，兩家父母已逐漸老邁。千禧年媽媽辭世，爸爸的健康到底不比從前，有一次陪爸爸去看醫生竟巧遇王家長輩，王伯伯、王媽媽清癯如故，看來精神還好。

他們都是正派的人，慈心悲憫、有為有守、寬闊能容，也都謙和有禮。

當我們也已步入了哀樂中年，長輩的逐一凋零，畢竟是無可挽回的事實，我們面對的是生命裡最沉痛的永遠的告別，然而誰又能逃躲呢？

如今王伯伯也已仙逝，在天上的媽媽得以和她的老朋友們歡喜相會。說不定此刻他們正在閒話家常，也說不定正含笑俯視著塵世中的我們……

他們留給我們的，不只是慈愛，還有典範。

沉睡的玉鈴

卷三

歲月花瓣

看盡了物換星移

離合悲歡

當歲月漫漫而過

我在你最深的夢裡

醒著

夢裡花落

花如錦
處處是美麗
我卻只想落淚
所有的繁華
不過如同一夢
當我醒來
楊柳岸，曉風殘月
親愛的
你在何方？

走不回兒時，走不回年少，走不回所有遠去的日子。

屬於青春的容顏和歲月，都如辭枝的花朵，一一飄零在夢裡。

感謝生命中曾經得到的許多關懷和愛，是由於那樣的提攜照顧與疼惜鼓勵，我才得以平安長大。國小時第一次和班上的同學去遠足，回程時走不回來，結果是有勞老師揹我，幸好那時我瘦弱，老師也年輕。二十多年以後，我輾轉尋訪到老師的下落。原來老師幾經調校，由南到北，又重返高雄；而我的住處也幾度遷徙，一路讀書，畢業後我在台南教書。很高興，終於有機會能跟老師說聲謝謝。也還記得，小學四年級時，隔壁班美麗的女老師曾帶我搭車到壽山去玩，不爭氣的我，沿途因暈車而大吐特吐，打壞了所有的計畫，在老師家睡了一個下午，最後老師再親自送我回家。老師不知後來芳蹤何處，出國了？搬家了？再難尋覓，竟成為我心頭的憾事。感念當年她對一個小女孩的善意，也讓長大的我，站在講台上，願意特別用心去照拂每一個有緣相會的學生……

生命裡，曾經善待我的師長又何只這些？我無法一一前去致我心中最誠摯的感謝之意，於是，便把這份感情給了我的學生。如果，我的老師可以那樣疼愛我、照顧我，我當然更可以仔細的帶領、鼓舞我的學生。我從來相信：愛，可以流轉不息；愛，更彌補了人生所有的缺憾。

所以，當我在許多節日裡，接到學生寄來的書信和各式卡片時，我雖有幾分的安慰，卻也覺得自己不過是盡了本分而已。愛，也可以薪傳。就像一盞燈，驅走了滿室的黑暗，帶來了光明和希望。

只是，當我也走到了人生的黃昏，天邊的雲彩再繽紛，但盡頭已經逐漸接近了，我的心中不免有著幾分悵惘；然而，曾經有過的辛勤和努力，也的確在我的夢中綻放芬芳，不曾虛度的充實，更讓我感到由衷的歡喜。

花開花落，原也是尋常，但願我有足夠的智慧來看待紅塵的一切。

只能懷念

多少的悲歡沉埋
以為不再記起
黃昏，走過舊居
過往的回憶
倏忽被點燃了
燎原的火啊
一發不可收拾
寂寞的夕陽
鮮紅如血
往事狂捲
在我澎湃的心海

重回舊時地，已經是別後十六年了。

那年，我們從麻豆的總爺搬到台北，就知道可能是最後的一次遷居了。爸爸從服務了大半輩子的糖廠退休了，也意味著我們再也不必隨著爸爸的職務調動而三遷四徙，從一個糖廠換到另一個糖廠，有如流浪的吉普賽人。雖然說，每個廠區都有夾道的綠蔭，整潔的馬路，別具一格的日式房子，寬大的院落裡花木扶疏；然而，我最怕的是，在新的環境裡，舉目所見都是陌生的人，無一相識，讓我覺得自己有如一座孤島。

想到以後，這種情形再也不會有了。真好！

只是聽說，當我們搬離總爺，原本所住的宿舍將儘快拆去。因為每年的房屋稅相當可觀，即使是無人居住的空屋，也一樣得繳交稅款，公司怎堪長期負擔呢？旅居美國的妹妹返台省親，還特地抽空重返麻豆，回台北後只淡淡的說：「房子真的拆掉了，一切都不一樣了。」我沒有細問，心想有一天真該回去看看。

後來總爺糖廠關廠了，納莉颱風又造成百年來罕見的水患，最後，它成了南瀛總爺藝文中心，並被評列為古蹟，希望能保存她那古典雅麗的日式建築，而宿舍區內林立的老樹，也多有百年以上的歷史呢。

然而，如今一見，卻遠不如懷念。

廠區中的柏油路面毀壞嚴重，原本排列整齊的房舍幾乎全都失了蹤影，只剩下大片的青草地和四處零落的果樹。總辦公廳的紅樓仍在，氣宇軒昂中卻難掩落寞的神情，現在竟賣起冰品來了。糖廠的冰棒從來有名，只是此刻我吃來，居然百味雜陳，險險就要落淚。就像是一個落魄的貴公子，塵滿面，鬢如霜。繁華事已散，只似春夢一場，何時能再現昔日的金玉滿堂呢？

然而，我畢竟曾在這兒度過長遠的歲月，當年路旁的樟樹，早已長得枝繁葉茂，遮蔽了天空。陽光透過葉隙，灑落了無數金色的點，閃爍有如迷離幻境。老樟樹的樹幹粗壯，其色深濃，莫非它一直都在守候著我的歸來？

只是，當我歸來，看到的是這般不堪的情景，不知是否應悔此次的南行？

我也知道，人都應該往前瞻望，向著理想奔去。因著對於過往，我的依戀太深，不免要頻頻回顧，感傷自是無可逃躲，怕也真的走不了遠路呢！

又聽說，總爺藝文中心未來的願景，將是成為藝術、文化和產業一體的藝文重鎮，也期盼有朝一日能發展而為國家藝術村。我當然樂觀其成，且拭目以待。到底曾是我生命中的一部分，那最純真而可愛的年月曾經停格於此。

我在蒼茫的暮色中離去，仍不免一步一回首。再見了，我曾經深愛過的舊時地。

給你的祝福

生命
在孤獨的來去裡
寫盡
各自曲折的心事

我在安靜的晨光裡讀書，卻突然接到妳要來的電話，妳說：「半小時以後，就到了。」

怎不教我喜出望外呢？

只是，這時間有點兒急迫。我的眼光掃過客廳的桌椅、地板，要仔細清理，大概是來不及了。最近實在太忙了，我胡亂的抹了一下，希望不至於太違離待客之道。

能看到妳，讓人歡喜。妳整整瘦了一圈，接近形銷骨立，一張圓臉幾乎成了瓜子臉。精神倒比我想像中好很多，令人寬慰。去年妳得了卵巢癌，由於錯失治療的黃金時期，情形變得十分棘手。後來妳轉往榮總住院，由專業醫師醫治，才開始有了好轉；然而一連串的開刀和治療，都非常的折騰人，在背後，我們不知為妳擔了多少心，也流了多少淚。這麼好的一個人，卻得了這麼凶險的病，教我們怎麼能平呢？

坐下來以後，妳居然從手提袋裡拿出了滷牛肉來給我，我明白，那是妳為我做的。可是妳病成這樣，還為我如此費心，我如何擔待得起？妳卻說：「做一點事，對我是好的，才能轉移注意力啊！」聽了這話，讓我的眼眶發熱，妳病得沉重，應該多休養才是，竟還花力氣去做這些。

我簡直不敢想，今生還能吃幾回妳的拿手好菜？會不會這竟是最後的一次呢？我無法再想。

認識妳，其實是以書為媒。我常去住家附近的圖書館看書和借書，由於這個圖書館極小，只有一位服務的小姐，每當她休假時，就由妳來代班，日子久了，我們便也相熟。妳的人緣非常好，常有人來和妳共進午餐，偶爾碰巧臨近中午而我尚未離去，隨和的妳也常邀我留下來一塊兒享用，我總是笑了笑走開，後來我才知道妳的手藝太好，才後悔沒有「賴」著妳，吃妳做的好菜。

我曾看到妳在空閒時，利用廢棄的廣告紙，折成菱形小塊做成花瓶，非常的精美，簡直是化腐朽為神奇。妳的手巧可見一斑。妳還曾做了一個蘋果綠的花瓶送我，到現在都還放在我的玻璃櫥櫃裡呢。

那年，近農曆新年時，妳滷了一個牛肚送我。有一天，我將小部份切成薄片，打算晚餐時來吃，米已掏洗下鍋，正在電鍋裡煮著。既已切好了牛肚片，我便試吃了一口，竟至無法停下，後來整整吃了大半個牛肚，方才心滿意足，當然，飯也完全吃不下了。

這是我第一次親嚐妳的手藝，從此成了妳的「粉絲」，老是想方設法要聚餐，目的只在於妳的拿手好菜。

不久，妳他調，再也不會來代班了，別說聚餐，連見面的機會都不多；但我們對妳的思念不曾止息……前年六月，我不小心摔斷了右手，無法做餐，外頭的自助餐吃到厭膩。妳曉得後，趕忙做了好菜送來，那時，我正試著用左手在電腦的鍵盤上寫書。癒合的日期遙遠，我在沮喪之餘，打算來寫一本少年讀物《小小茉莉》。妳的好料理，不只餵飽了我的胃，也讓我在精神上得到了支持。我還跟妳說：「有這麼好的菜可以吃，一切也就不那麼悲慘了。我想，我大概是快要好了。」

謝謝妳對我的善意。

沒想到後來，竟然是妳生病了，而且是來勢洶洶的卵巢癌。

雖說，看到兒女都成家立業了，妳是安慰的；然而，母親的心又哪裡能沒有牽掛呢？每次想到妳要受到這種種的煎熬，不只在病體，也在精神，我就不能克制的心疼。可是，我又能怎樣呢？抗議上天的不公嗎？還是哀憐妳的苦楚呢？

也許，我們唯有平靜的接受這紅塵的諸多試煉，只是上天，到底祢真正的旨意又是甚麼呢？誰又能告訴我？

讓我深深的祝福妳，平安的走過一個又一個的日子……

後記：妳終究還是走了，在二〇〇六年最後一天的凌晨，親愛的束慧姊姊，請安息。

一竿煙雨

彷彿在夢裡相逢
那一樹的繁花似錦
可是裁自天邊的朵朵雲霞？
紅艷如新娘的嫁衣
年少時的夢
早已飄渺無處可尋
我的思念
像彩蝶翩然起舞
漫天飛翔

梅雨季來的時候，整日裡，雨總是落個不停。

也不是甚麼傾盆大雨，然而，滴滴答答、淅淅瀝瀝，竟也彷彿沒完沒了。

我在無意間，翻出了一疊自己早年寫的手稿來看，心中不免百感交集。文字的可貴，在於它如實的保留了書寫當時的心情和種種經歷。當歲月如飛的逝去，有太多的事情會被遺忘，藉由閱讀，讓我重臨斯境。

虹雲是一個喜歡寫作的女孩，她曾篤定的跟我說：「我永遠都不會放棄寫作！」那年，她才讀國中。我雖然也喜歡寫，可是，「永遠」是何等沉重的字眼，我不敢說，因為那樣的允諾是一生一世的。

有一陣子，我們常一起去玩，也都在小鎮的近處。白河的風光優美，直可入詩入畫。我們去玉豐國小，看那可愛的小小的學校，樹很多，一片綠意盎然，教室的桌椅都小巧而有趣，低年級的課表，多半是說話、唱遊……讓人不免莞爾。

也去蓮潭，去小南海，有軟枝黃蟬在籬落間對著我們微笑；清幽的普陀寺，小師父正低頭專心的打掃；還看到花架上粉紅色的花開得正燦爛，有的垂掛下來，像燈籠一般的好看，我們猜測了半天，最後因著她特殊的氣味，啊，原來是蒜香藤！

還去了鹿寮水庫，走過白楊樹，也走過檳榔樹，我們坐在堤岸的高處，俯看湖中的碧波漣漪。三面環山，我們還可以看到遠處的茂林脩竹，清風拂過，也彷彿為我們拂去了生活裡小小的憂傷……

別後多年，我們早已有了各自的生活。

突然深深的思念起虹雲，給她打了一個電話，虹雲正忙，她家的小寶貝才九個月大。現實生活的瑣碎，足以磨損我們年少時的雄心壯志。記起她曾經說過的「我永遠都不會放棄寫作」，我此刻再不忍問。當奶瓶和尿片齊飛，寫作的夢，會不會也太奢侈了呢？

窗外的風雨依然未歇，迷迷濛濛，有如一竿煙雨，我知道，就在那一片如煙似霧裡，有我年輕的情懷和夢中的風景。

尋人

失落的日子
再也不能打撈
即使用金絲銀線
結成網罟
誰又能撈回時光的足印？

你可曾試著在茫茫的人海中，去尋找一個人？

當大段的日子流逝之後，在相關的訊息逐漸減少之時，想要找一個特定的人，又談何容易呢？

這事起因於，最近，我送了一本自己的新書給老同學陳冠甫。冠甫已是知名的詩人，在大學裡教授古典詩，極得友輩的敬重和學生的歡迎。收到書後，冠甫給我電話，談的是我們的大學生活以及當年的好友。他說了一個他和王業河之間的故事給我聽，友愛的溫暖洋溢，感人肺腑。

我說：「我很感動。」

「那，妳把它寫成一篇散文。」

啊？我只得虛應：「再說吧！」

「是這樣的，」詩人說：「我好想找出王業河。我可以來寫一首給王業河的詩，再加上妳的散文，我們的詩文要登在同一天報紙副刊的版面上。這樣，看到而認識王業河的人就會通知他……」

我們的詩人打這般的如意算盤，在我聽來卻覺得困難重重。主編會同意如此的安排嗎？看到的人果真會熱心的通報嗎？在這個緊張忙碌的社會裡，多的是自顧不暇的人，誰耐煩管別人的閒事呢？何況，這事做來，恐怕曠日廢時。唉，都已經是網路的時代了，有誰還登報尋人的呢？

詩人高居學術的殿堂，尚友前賢古人，哪知象牙塔外的世界早已一夕數變了？

這事我想暫且擱置起來，說不定詩人很快就會忘記。

王業河自從大學畢業以後，就回東部的老家教書，無人知其音訊已三十二年了。

我悲觀的想：這何異於大海撈針？多麼渺茫啊！

不想，第二天，詩人竟在電話裡對我朗讀他連夜寫好的詩作，又趕緊添加了一些背景故事，好提供我下筆的參考。看來，他是認真的。

只是，我總覺得不夠妥適，尋人該有更為便捷的好方法才是。

想了想，我找了在傳播媒體工作的另一位老同學劉長裕幫忙，他一口應允。

十分鐘以後，劉長裕給了我一個電話號碼，並且說：「如果，妳現在打電話過去，他的太太在家。」看來，這個電話號碼已經查證過了。

長裕不只是能幹，而且熱心，難怪早已升任為報社的副社長了。

總之，再接下來就是一團歡喜了。失聯已久的王業河終於「歸隊」，欣喜得以為我們要開同學會。詩人找到了他的好朋友，高興自不在話下。

當然，更高興的是我。要找的人終於尋著，而且，我的文章還可以賴掉哪！

原來，多年以來，老同學們雖如芒花般的四散，然而，當年的情誼有若醇酒，歷經歲月的醞釀，仍然散發著芬芳，更是讓人陶醉。

如詩

歲月是汪洋大海
浪花縱然迷人
卻早已簇擁而去
我只願回憶
依然光燦美麗

年少的歲月如詩。

很高興能在那麼純真的年月裡和妳相識。那時候，彼此的心靈單純而美麗，不見污染。就像一面鏡子，誠實地映現了我們悲喜的容顏，沒有遮掩。

其實，困窘的家境讓妳早熟。私立大學的學費十分昂貴，使妳不得不四處打工。妳到圖書館工讀，當過幼稚園的老師，也曾在國小代課或兼家教……無論工作再勞累，我都不曾見過妳抱怨。妳接受了現實生活的種種考驗，卻依然不減赤子之心。

儘管這樣的忙碌，妳的功課仍舊很好。當別的同學忙著郊遊爬山時，妳都在讀書。教授很賞識妳，總勸妳繼續深造，但不論出國或讀研究所都需要花費，而妳急著畢業後做事賺錢，好幫爸媽栽培弟弟妹妹。

妳果真回鄉下教書。

妳對教書極為投入。愛護學生，一如自家的手足。春天的時候，妳帶著學生去野外踏青，領會大自然的美；在課堂上，妳講有趣的故事給他們聽，更積極領著他們走進閱讀的世界。尤其，妳熱切的要學生們明白：在人的一生裡，理想是值得珍惜而可貴的。唯有高遠的理想，能讓我們忘卻腳下的塵泥及個人困頓的際遇。如果我們能為世界人類作更多的奉獻，那麼，相形之下，一己所遭逢的艱難險阻也就顯得微不足道了。

直到弟弟妹妹都學業有成了，妳才進研究所就讀。原來，妳一直不曾忘懷繼續讀書，只是迫於環境不得不延後罷了。妳果真劍及履及，更上層樓，以追求更豐富的知識。這樣良好的身教，想必也給了妳的學生更大的啟發……

現在，我們都不再年輕了，但，妳仍然孜孜於問學之道，精神實在可嘉。想起我們年少時一起走過的歲月，我突然覺得：原來，這麼多年了，妳從不曾放棄理想，也一直向著理想的大道前行，妳的心靈依舊美麗如詩。

多情是苦

我願為你深情擺渡
從日出到日落
縱使，沿途有風光優美
只合觀賞，不宜停靠
我們的未來
在繽紛的明天
有可期待的勝景

多情是苦，果真能愛到深處，無所怨尤？
當她跟我說：「我把自己的一顆腎，捐給了男朋友……」

我聽了，心中大駭：「妳這樣，怎麼對得起生養妳的父母？」

「我瞞著他們。那時候，我只是一心想要幫助他！」

她實在太輕率了。幫助，有很多的方式，不一定非要損傷自己來成全對方。如果對方真心愛她，又哪裡捨得她如此犧牲呢？

我們的法律，為杜絕金錢買賣，並不接受陌生者的活體捐腎，他們因而到法院辦理公證結婚，移植手術因此得以順利進行。手術成功，他們也組成了家庭。十七年以後，她的丈夫因肝硬化合併腎衰竭而過世。她獨力撫養兒女，不可謂不辛苦，然而，如今她的健康日下，我的醫生朋友說：「其實和她缺了一個腎，是有關聯的。」

本來，當年的捐腎，是個人心甘情願的決定。只是此事非同小可，有必要作更審慎的思考。

按理說，丈夫因獲得一枚腎而得到重生，感念妻子的深情，還養育了兒女，從此應該更加認真工作，愛惜身體。結果他竟是不斷的喝酒，導致後來的肝病變。幾次進出醫院，她還想要捐肝，醫生不肯，勸說：「妳欠他的，難道還不夠嗎？」或許，醫生早就看出來她所託非人，不過是個任性、沒有擔當的男人吧。

她怎麼會再想要捐肝呢？罔顧父母的養育之恩，也罔顧兒女的撫育之責，真可謂「親痛仇快」了。也幸好醫生攔阻，然而，敗壞的身體，沒有一技之長，加以舉債未償，兒女幼小，茫茫人海，也是舉步維艱了。

只由於情深，年輕歲月時的一番抉擇是因，往後的果就必須一力承擔，任重而道遠。我每每想到她必得面對艱難的人生路途，深深覺得：多情是苦，有智慧的多情，或有圓滿的可能；愚昧的多情，只怕結局更不堪了。

方留戀處

在疲憊的時候
身心正急於尋求
安頓
只願靜靜地守候
守候一泓清泉
那是從靈魂深處
汩湧而出的歌
洗滌了世俗的風霜
遠離塵埃
還我清明
隨處都見不凋的春景

此刻
憂傷全被遺忘
只記得甜蜜的笑容

彷彿是在朝夕之間，屬於她的世界全然崩毀。

怎麼會這樣呢？原是個快快樂樂的週末晚上，一雙兒女也都在家，突然間，丈夫彎下身子，抱著胸前，說他心口痛。學醫的女兒馬上說：「爸爸得上醫院！」

「不！」從不看醫生的丈夫卻說：「只要休息就好。」

果真休息就好？不料他卻再也沒有醒來了，就此告別了紅塵的一切，包括他最愛的家人。

她常常覺得恍如夢寐。丈夫已經不在了，這是真的嗎？那麼大的一個人又去了哪裡呢？怎麼會不見了呢？……但願只是惡夢一場，醒來，一切也都恢復舊時模樣。然而，當她睜開眼，依然不見丈夫的身影，只留下自己形單影隻，淚水又再次模糊了她的雙眼。

兒女雖然都大了，學業已成，卻仍尚未成家。以後的路依然遙遠，她都可以感覺到自己肩負的沉重，少了一個凡事可以商量的人，往後遇到難題，她是不是都能篤定的拿好主意呢？

「希望菩薩佑我，在天上的丈夫佑我。」她心裡這麼想著。

那年，她教書的學校來了一批生力軍，很多都是剛踏出師資培育體系、還沒當兵的男老師。校長很振奮，因為鄉下學校難得有來自師大畢業的老師。這些新老師也都認真，只是由於年輕，放學後的節目就多了，打球啦、下棋啦、爬山啦、聊天啦、四處閒逛啦……彷彿有用不完的精力。她也活潑，很快的就和他們一起行動，加上她早來一年，許多名勝景點也都熟門熟路，便當起他們的「導遊」來了。寒假時，他們這些外地老師也都各回各的家，準備過舊曆年。

闞卻在春節時，從台北南下來找她，她也善盡地主之誼，又陪他在住家近處走走。沒想到下學期開學不久，學校派她到台北研習，趁假日，闞回台北也陪她四處玩，還帶她回家，見過他的父母。就這麼順理成章的成為男女朋友，鬪服完兵役，仍回原先的學校，他們就結婚了。

他們的個性雖然不盡相同，卻成了巧妙的互補。她外向大方、膽子也大，舉凡對外的聯繫和處理，她都樂於承擔；丈夫的確是個「居家好男人」，比較喜歡整理家務、做家事。她還記得，生完兒子時，是丈夫替她做的月子。大熱天的，廚房還西曬呢。怕熱的丈夫打著赤膊，揮汗如雨的在廚房裡炒她愛吃的菜，還煮了痲油雞……有一天，她無意間發現丈夫的手起泡，想必是不小心被熱油所燙傷，丈夫卻立刻把手藏到身後，嘴裡說：「沒事沒事。」

她明白，丈夫的確是真心待她好。

課餘的時候，這個學物理的丈夫喜歡畫畫，她也喜歡。家裡有畫室，可以兩個人一起畫，也可以彼此切磋琢磨，他們還曾經一同參加區域性的畫家聯展，傳為佳話。丈夫喜歡在家唱卡拉ＯＫ，家裡也有這樣的設備，可以邀同好來一齊歡唱，自娛娛人，她也覺得很好。

有一年，公公突然中風住院，病情很嚴重，不敢勞動原本就身體不好的婆婆幫忙照料，小姑小叔也要上班或上課，她力主請看護日夜照料，當然費用驚人。每次丈夫北上探望，都帶走了好幾萬塊，她從來沒有絲毫不豫的神色，她說：「為人兒女的，孝敬父母，天經地義。」

至於鼓勵小姑小叔繼續讀書，幫他們成家立業，她這「大嫂」可真是沒得挑剔的。如今公婆都已仙逝，小姑小叔早就各立門戶，自家的兒女也已成年。這，難道不正是生命就要「豐收」的時刻嗎？

哪裡料到丈夫會在這個時候撒手人寰，再不顧念她了？

昔日的恩愛終成夢幻泡影，消逝無影踪。她流下今生最多的淚水，彷彿所有的眼淚已經流乾，而丈夫仍在遙遠的天上。

也罷，收拾起凌亂的心情。且記得丈夫生前的歡言笑語，當人生的責任已了，相信重逢之期該也不太遠了。

她仍然是安慰的，至少她嫁了一個正人君子，教書認真，桃李滿天下，還是個顧家的好男人，愛妻疼子，的確是個極值得她深深思念的人。

販賣繽紛

靜夜裡
有月光悄悄前來相伴
她默默咀嚼著心事
有多少不忍卒說的苦痛
都化為唇邊的
一朵微笑
生命裡的悲歡終將遠逝
只要守著花和詩
依然有夢
便是幸福

她在路口開了一家花店，販賣各種鮮花。生意不錯。她必須承認。

也許是她的花兒鮮麗，價錢又公道，即使是精打細算的家庭主婦也願意上門來；也許是窗明几淨，設計新穎，常讓路過的人駐足觀賞，忍不住想要買一束帶回去；也許是她善於插花，附贈的卡片上有她手寫的詩句，清新高雅，張張不同，聽說有不少人在收集……

她不免要啞然失笑。

她曾經是個文學少女，喜歡詩喜歡作夢，還投稿，參加文學研習營……現在想起來，恍然如夢寐。

當苦勸和眼淚都無法挽回已經遠去的心後，她接受了婚姻破裂的事實。三年的共同生活終於畫下了句點。甜蜜太少，爭執太多。她怎麼都想不通，在婚姻裡，何以背叛這麼快速的取代了信守？或者只是她的運氣特別差，良人不良？

或許，人生真的是一本大書，值得我們窮畢生之力來細細的讀吧。

「幸好妳沒有孩子，」好朋友說：「要不，牽腸掛肚的，恐怕遭遇會更慘。」

她靜默不語。誰又能知曉她內心的波濤洶湧呢？曾經她多麼想要一個孩子，可惜終究沒有如願。難道這也是上天的意思嗎？也罷，在一個充滿了紛爭的家庭裡，孩子又怎麼能快樂的成長呢？

再不必付甚麼房貸、車貸了，當然也就不必早晚兼差，那般的疲於奔命了。反正自己一個人，簡單過日子就可以了。

遭遇婚變的她，離開了原有的職場，也搬了家。就在離新住處不遠的路口，開了這家花店，也盼望自己往後的人生有一個繽紛的開始。

有人說：此生賣花，必有前世的因緣。真的是這樣嗎？她不明白。在她，純然只是喜歡而已。繽紛的花裡，有歡笑留駐，彷彿她年少時的心緒又一點一滴的回來了。

花店裡常有進進出出的顧客，她總是忙碌的。日子久了，她也認識了不少的朋友。朋友們都喜歡她的花，也喜歡她的詩，甚且說，她的人就像花一般的雅，詩一樣的雋永。

她笑了笑，很感激。只是恭維吧，她想。

她認真的照顧好每一朵身邊的花，當作兒女般的細心呵護，也相信這些花會帶著她衷心的祝福，熱烈的綻放，將溫暖了許多孤寂的心靈。

她在路口的花店販賣繽紛，也慨贈歡喜的心情，但願，每個人都能從花裡，看到了無數的希望和美麗的遠景。

牽手

昨夜枕邊的淚痕已乾
不願尋找哀傷的往日
將它遺忘
永遠封埋
像一個逝去的夢
唯有努力望向前方
美與寧靜
是不滅的歌

生命中的重大選擇，都必須勇於承擔。

她正在接聽朋友的電話，對方憤恨不平的聲音，從話筒裡流溢而出，即使她把電話挪開了些，仍然聽到那歇斯底里的聲音：「除了你們王先生是正人君子外，全世界的男人都是豬……」她垂下眼簾，不發一語。

哼，這個正人君子，也不過是個偽善者。

他們被公認是一對恩愛夫妻，結婚二十多年了，總是出雙入對，任何時候看到，都是手牽著手。唉，其實只是假相，然而外人無從知悉。他外遇，包養了一個年輕美眉，年紀也只比自己的女兒大一些些，還是某國立大學的研究生。拿到碩士學位以後，立刻拋了他。他陷溺已深，難以自拔，在痛苦難解裡，妻子終於明白。這個笨男人，難道真的以為有了個紅粉知己嗎？人家年輕美麗學歷高，若非視你為提款卡，以姿色身體換取金錢，哪會看得上你呢？既然目的已經達成，學位到手，棄之有如敝屣，也是理所當然。偏偏他看不透，以為雙方應有真感情，呵呵，簡直是天方夜譚。

看著他痛苦，她恨恨的想：活該。

當年的她也是美麗的，追求者不乏其人。或許她應該嫁給外文系的才子？如今那才子卻成了學佛之人，紅塵擾攘，再也與他無涉了。或許應該嫁給電機系的高材生？他一路讀書，拿了博士，還當上了系主任。……結果她嫁給了學藝術的他，在一所高職教書。莫非婚姻也是命定？

要離婚嗎？難道要把心中的瘡疤再揭開一次？讓世人知道他的偽善？讓兒女不齒他的行為？這又有甚麼好處呢？不過成為鄰里間的笑談罷了。

戲，還是要繼續演下去，只是她越來越無法忍受他的牽手，那一雙手，多麼骯髒，她真的恨不得把自己的手抽出來，大步走自己的路。

年少時，她覺得，「執子之手，與子偕老」是多麼美的事，現在，她只感到那不過是責任的承擔罷了。

從夢幻到務實，在情愛的路上，就這樣老了年華，她會不會也太呆了呢？

怨恨的毒箭

有一種傷心
時間不曾治癒
歲月無法帶走
像暗夜裡隱約的簫聲
牽引出斑斑淚痕
只因為
傷在心的最深處

怨恨，像一支毒箭，傷人又傷己。

我第一次聽她演講時，為她坎坷的情路而落淚。是怎樣的不堪啊，花心的丈夫從來不曾信守婚約的承諾，老是外遇不斷。她一聽到消息，便偵騎四出，奈何一波未平，一波又起，無有止時。她泣訴丈夫的不忠不義，讓人不免要為她一掬同情之淚。後來，她厭倦了這樣的到處奔波抓人，走出不幸的婚姻，獨力撫養兒女，慶幸兒女不只優秀也孝順，給了她很大的安慰。總算皇天不負苦心人，如今已苦盡甘來了。

隔了好些年以後，我又有機會再聽到她的演講，內容都一樣，她說得聲淚俱下，聽的人也感動得淚流滿面。

只是，我覺得怎麼會這樣呢？為什麼這麼多年了，怨恨仍然停留在她的心中？她不肯原諒丈夫，其實也無法釋放自己。她的心，老是被怨恨的繩索緊緊綑綁，從來不曾掙脫過。她只聽見自己的哭聲，明白個人的傷痛和委屈；卻不知這樣的到處張揚，破口大罵丈夫，難道兒女不會感到十分的難堪嗎？

畢竟，丈夫是兒女的父親，兒女的身上也一樣流有他的血。

於是，每當我看到她說得咬牙切齒時，倘若她的兒女也在現場聆聽，真不知會懷抱著怎樣的情懷？

我終究了解：君子絕交，不出惡聲。這是多麼不容易做到啊。

但願有一天，她願意放下所有生命裡的愛憎，真正寬恕她的丈夫，她才能平心靜氣，得到安寧。否則她內心怨毒的箭，不只傷人，更嚴重的傷了她自己。

如果她不能誠心反省，如果她不拔去怨恨的毒箭，那麼在未來的歲月裡，她都將被怨恨的浪潮所淹沒，終其一生和快樂絕緣。

縱使她不為自己著想，是不是也能為兒女想一想呢？

只有感恩

如果相遇是宿命
誰能逃躲
當悲苦嘗盡
就在不眠的夜裡
細數前塵往事
拍岸的水聲
傳唱了心中的歌

就在病重，自知不起時，她跟兒女說，她想見那離緣的丈夫。兒女覺得有點兒意外，問她：「真的要見爸爸嗎？」

她點了點頭。

很快的，丈夫來了，她沒有一句怨懟激憤之語，只頻頻的說：「謝謝你，在孩子還小時，你讓我照顧了他們。謝謝你，讓我有機會陪伴他們長大。謝謝你，給了我這麼好的兒女，他們都貼心又孝順……」

在臨終時，她跟兒女說：「如果你們聽我的話，就要善待你們的爸爸和阿姨。我這一生，已經沒有遺憾了。」

她平靜的嚥下了最後的一口氣。

那年，丈夫外遇，離婚，孩子歸男方。不久，丈夫又結婚，那時，三個兒女都不大，新媽媽不肯照顧，最後彼此商得同意，她以女傭的身分回來照料孩子的生活起居。孩子們也明白，她是親生媽媽。每天，她作菜作飯，清掃，直到晚餐結束，她吃了殘羹剩菜，洗了碗回去。親子之間的互動良好，感情不錯。即使後來孩子長大了，不需照料，仍互有往來。孩子成家立業了，也常來探望，生病了，也幫忙送醫診治，伺候湯藥，都是孝順的兒女，她很安慰。

我相信，當年她是忍辱負重的。因著對孩子的愛，她奉獻了自己，也以諒解化除了雙方的對立。處處感恩，使她贏得了敬重，為自己的人生畫下了還算圓滿的句點。

仙姑一席話

誰夠聰慧
能測得天機
煩擾立解
再不見哀傷的淚
再沒有不寐的眼
長夜漫漫
曙光已依稀微露

好朋友遠道而來，是為了想知道：今生是否還有和女兒相逢的緣？到底自己和女兒的前世因緣又是如何？

我為了這事四處打聽，終於有人告知，隨緣居的仙姑，或可解其迷津。好朋友婚變時，女兒幼小，在前夫的手裡。思女心中苦，待女兒上幼稚園時，她一家家的尋訪，找到時心花怒放，久了，前夫一得知消息，立刻轉到另一家，她又要四處去找……聽說，前夫和外遇女子結婚後，新媽媽凌虐女兒。對女兒的殷殷想念，成了她眼中的淚、心中的痛。

長大以後的女兒曾經相認，然而，女兒的冷淡、沉默，相見已無言。如今女兒遠在國外讀書，她的一顆心依然懸念著。……

我也很好奇，自願陪同前往。

仙姑住在尋常巷道間，平日另有營生。才一見面，她就說：「我不談前世因果，我也不通靈喔。」

仙姑開始說話了，在我聽來，也只是泛泛。

她說：「要放下執著。」

她說：「個人造業個人當。」

她又說：「何必熱臉去貼人家的冷屁股呢？」……

好朋友大哭起來，掩不住的淚水沾濕了一張又一張的面紙。

一個小時後，我們告辭離去。回程時，我們都沒有說話。

好朋友回去了，幾天以後，我在電話裡問她：「仙姑的話，對你有幫助嗎？」

她跟我說：「幫助很大。」

「那就好。」我真心希望這樣。

骨肉分離，原是人間的悲劇。幸好女兒已經順利長大，功課也好，她有自己錦繡的前程要奔赴，那麼就祝福她吧！好朋友且放寬心，妳的明天也依然美麗。

人生虛幻，情愛是空

曾經
夜雨敲碎了滿湖的寧靜
輕輕的訴說一個美麗的愛情故事
你可知道？
湖面上跳躍的音符
是天空的淚滴

「人生虛幻，情愛是空」，這是我最近的感懷。

鄰居出嫁的大女兒突然昏迷送醫急診，我們原本相熟，她也住在我們附近的大樓，有時候，她回來探望娘家的父母，我們也曾在樓梯間相遇。她長得高䠷而美麗，人也乖巧，嫁的是醫生。

她終究沒有醒過來，三天後去世。才四十四歲，留下了三個兒子，最大的，也只有國二。

情形不樂觀時，娘家媽媽說：「能不能把所住的那棟房子，過給孩子？在他們長大之前，不要賣掉，也好有個遮風避雨的地方……」

醫生女婿立刻說：「我疼孩子勝過我的命，別說台北的房子，連鄉下的房子也都過給小孩。」聽起來，誠意滿滿。

沒想到女兒才過世，女婿立刻反悔：「你們要我這樣做，根本就是不信任我。房子過戶，不得買賣，那萬一我想要轉投資，就不能了。」

這個口口聲聲說「疼孩子勝過自己的命」，不料竟然計較起房子來。要投資，以他醫生的每月高薪所得和積蓄，難道還不夠嗎？連個房子也覬覦起來。

唉，話說得多麼漂亮，然而，再天花亂墜又如何？實際上做來，全不是那麼一回事。難怪聽其言，要觀其行，否則，誰知他是真心還是假意呢？

鄰居媽媽傷心極了，漂亮的乖女兒走了，三個小外孫該怎麼辦？還能指望女婿善待他們嗎？說不定快快娶進了新媽媽，又會是怎樣的局面呢？

女兒為這個家奉獻了一切，連一句話也沒有交代就走了。夫家的規矩多，她一一遵循，每週得帶著孩子們，經過漫漫長路去探望婆婆，一次都不能省。丈夫嫌孩子的保費太貴，不肯保，她除了原有的工作，還到學校去兼課，以鐘點費來支付。接送丈夫上下班、接送孩子們學才藝，還得忍受丈夫的壞脾氣……

鄰居媽媽的不捨，寫在臉上，也在顆顆落下的淚滴裡。

唉，人生這般虛幻，情愛也不過是一場空啊。

心中仍記

告別的時候
歡喜也被悄悄的播下
對你們的祝福
在每一個日子裡
生長

跟你們揮手告別的時候，我知道長久以來的懸念終於可以放下了。曾經是那麼深深喜愛的學生，如今早已長大，每個人都找到了屬於自己的路。我很開心，覺得我何其幸運，能在你們年少的歲月裡相伴一程。

還記得，那天半夜兩點，我在電子信箱裡看到了文友六月替我轉寄的信，斗大的字，尋找的訊息，我的名字就在上頭。是的，我許久以前教過的學生正在找我。聯絡上了以後，不只是你們興奮，我每天都陷在激動之中，偏偏那陣子又忙，我常常覺得自己要生病了。當年相處的記憶全都上了心頭，翻攪起的情緒徹底將我淹沒了。

同學會上，我終於看到你們的臉龐，其實變的不多，當年的模樣依稀。從前男女生的涇渭分明，卻成為今天的水乳交融。歡洽的氣氛，讓人動容。

長大確實是有些不同了，當年害羞的小男生也終於願意走到我的面前來，他的好記性令我吃驚，太多的過往已經模糊，我曾經說過那些話嗎？真的嗎？即使我自認謹言慎行，居然也曾有無心之過，真令我感到驚駭。是因為當年的我太年輕，教學的經驗仍然不足？

是不是曾經有人覺得受傷呢？我願意誠懇的道歉。人生，果真是一條長遠的學習之路。如果在今天，我不可能犯下那樣的錯誤。縱然年輕有著千般的好處，卻難免因稚嫩而不夠圓融。

阿美依然很美，添祥成了十足的帥哥，真該去拍偶像劇的。文琦一派溫文，恩諒仍舊沉穩，宏陽能幹，淑英熱心……李瑞緻跟我說，她當年的歷史讀得好，是由於切實做到預習和複習，我還曾稱揚她是「真金不怕火煉」；魏榮男給我看十多年前我寫給他的信，保存的如此完好，幾乎讓我落淚。……

當盛筵結束，我彷彿從一個繁華的夢裡醒來，卻仍記得那些溫柔的言語。謝謝你們告訴我這些，也謝謝上天曾讓我們有緣相遇。

重逢，其實也是別離的開始。我和你們告別，也和昨日的自己告別。

在未來的歲月裡，我心中仍將記得你們今天的笑容，如溫暖的陽光，閃爍在每一個日子裡。

秋天的告別

蔚藍的天空
連一朵雲也不見
陽光在林間穿梭
照出了無數的蔭影
每一棵樹都靜默
然而，卻依稀聽見
有誰在低語？
用我所不知的密碼
暗中傳遞著心中的悲喜
你，也聽到了嗎？

我喜歡島上的秋天，覺得它充滿了詩意，我也喜歡在秋天讀詩或寫詩，彷彿有躺在雲朵之上的怡然。

然而，今年的秋天，當我知道詩人辭世的消息時，所有秋光中的美麗頓成淒楚的涼意。我只感到無可抵擋的寒冷，正從四面八方向我襲來，而我全然失去了抵擋的氣力。

那年，您在岡上教書，是法文系的教授；我剛考上大學，是中文系的新鮮人。我讀我心愛的文學，讀您在報上副刊的《深山書簡》，也常在校園裡看到您孤單的身影。您不常出現在熱鬧的場合裡，但偶爾在文學的演講會中，您會出席，或許那些主講者和您相熟，或許您只是加以引介。

我常只是遠遠的看著您，從來不敢趨前和您說話，怕太打擾了您。我們班上的蘭和珠是您喜歡的「小女孩」，常去您那兒玩，或聊天或喝咖啡，讓我們羨慕極了，可是我從來不敢開口要跟著去。現在想來，我真是太害羞了。

那時，學校成立不太久，宮殿式的建築仍煥然一新，我們常常下課以後，在山徑上閒閒的走著。讓微風從髮梢輕拂而過，或和雲霧同遊或看晚霞如何染遍了天空，我們談讀了一本好書的快樂，我們也談心中的夢想……

有一次，薄暮時分，路燈亮了，我在路上遇到雪，便和雪一起走回學校，卻看見您迎面走來。雪從來大方，喚了您一聲：「教授好！」

「誰？」您的聲音裡有著些許的緊張和戒備。

「學生。」

「喔。」

我想錯身而過時，昏暗的路燈，您一定看不真切。您仍戴著墨鏡，不快樂的童年，失敗的異國婚姻，讓您流了太多的眼淚，哭壞的眼睛，從此怕光。

我也知道：有太多喜歡您的文學少年，不論男女，常找到山上來，又怕打擾您的清靜，就在您的門口放下帶來的禮物和信，然後悄然離開。當然，也有相約，見上一面的幸運兒。

您的詩文真誠而優美，十分扣人心弦。那種沒有雜質的純粹，是一種極為珍貴的品質，多麼讓人感動。無論外界對您有多少誤解，我仍然選擇和您站在同一邊。

詩人向這個世界告別，竟然是在繽紛的秋日，讓人覺得又淒涼又美麗。此後，秋天裡，更有我對您的深深的惦記。

秋水相思

樹幹如墨
花也如詩
而那細長的枝枒如筆
在天空寫著
我的思念
你讀到了嗎？
你知道了嗎？

隔著許多歲月，而今我們已步上了哀樂中年，對於消逝的青春，不免興起無比的懷念，也連同當年的人事和物，常常出現在我們的夢裡。

是的，我們彼此思念，只因我們曾經同窗共硯，在那個青春飛揚的年月裡。

大學畢業後，大家如芒花般的四散，在不同的角落裡經營著屬於自己的事業和生活，各有各的忙碌和辛勞。一轉眼，大把的日子飛逝，毫無蹤影可尋。

有一年，有人建議，該來做一本通訊錄，以方便彼此的聯繫。此意甚佳，但由誰開始呢？我人在台北，占了地利之便，於是，義不容辭，肩起「追緝」的重責大任。

實在是失聯太久了，追查起來困難重重。幸好，大半的同學服務於教育界，可以由一個學校追到另一個學校；有些同學曾在各種研習會中相互碰面，略知音訊，有個依憑，到底輕鬆多了。加上，有熱心者的認真提供，不至於像在茫茫的大海裡有撈針之苦。追追追，追追追，不放過任何的蛛絲馬跡，不放過所有可能的線索。唉！我連在夢中仍苦苦追尋，只差沒有「上窮碧落下黃泉」而已。

追追追，追追追，追追追，窮追不捨，看你如何遁形？到後來，我其實是追出了興趣，也追出了成就感。可以從娘家追到了夫家，可以從東部追到西部，可以從南台灣追到北台灣，更可以從國內直追到國外去。……

如果你問我：「每個同學都追出來了嗎？」

坦白的說：「並沒有。」

到底失聯的時間太長，無法在很短的時間內畢盡其功。何況，每個人經歷了各自的離合悲歡，不堪的際遇，使他只想把自己封閉起來。一個人，若執意躲藏，我們也就無能為力了。

更讓人傷痛的是，有的因病故去，有的自殺身亡……他們永遠也不會出現在我們的眼前了。我們再也來不及遞送心中的友愛，更來不及給予對方溫暖和關懷了，只留下無邊的寂寞和哀傷。

幽明遙隔，無路可通，我心中深深的思念，你們可曾知曉？

曾經笑靨如花，青春的光彩照人顏色，如今，風塵滿面，只有憔悴。人生就像一首歌，我們各自譜寫著屬於自己的篇章，有時高亢，有時低吟，其間的況味，如人飲水冷暖自知。

但畢竟我們曾經相遇，筆硯相親，這是一樁怎樣的緣分啊？透過閃爍的淚光，我仍然要說：能認識你們，真好！

歲月的河，如一彎盈盈的秋水，我和昔日的青春遙遙相望，心中的感傷澎湃，我的思念竟也無可言說。

國家圖書館出版品預行編目

沉思的百合 / 栞涵著. -- 一版. -- 臺北市：
秀威資訊科技, 2009.02
面； 公分. -- （語言文學類；PG0224）

BOD版
ISBN 978-986-221-156-4（平裝）

848.6　　98000474

語言文學類　PG0224

沉思的百合

作　　者 / 栞　涵
發 行 人 / 宋政坤
執行編輯 / 黃姣潔
圖文排版 / 郭雅雯
封面設計 / 莊芯媚
數位轉譯 / 徐真玉　沈裕閔
圖書銷售 / 林怡君
法律顧問 / 毛國樑　律師
出版印製 / 秀威資訊科技股份有限公司
台北市內湖區瑞光路583巷25號1樓
電話：02-2657-9211　傳真：02-2657-9106
E-mail：service@showwe.com.tw
經 銷 商 / 紅螞蟻圖書有限公司
台北市內湖區舊宗路二段121巷28、32號4樓
電話：02-2795-3656　傳真：02-2795-4100
http://www.e-redant.com

2009 年 2 月 BOD 一版
定價：220 元

讀　者　回　函　卡

感謝您購買本書，為提升服務品質，煩請填寫以下問卷，收到您的寶貴意見後，我們會仔細收藏記錄並回贈紀念品，謝謝！

1.您購買的書名：____________________

2.您從何得知本書的消息？

□網路書店　□部落格　□資料庫搜尋　□書訊　□電子報　□書店

□平面媒體　□ 朋友推薦　□網站推薦　□其他__________

3.您對本書的評價：(請填代號　1.非常滿意 2.滿意 3.尚可 4.再改進)

封面設計____　版面編排____　內容____　文/譯筆____　價格____

4.讀完書後您覺得：

□很有收獲　□有收獲　□收獲不多　□沒收獲

5.您會推薦本書給朋友嗎？

□會　□不會，為什麼？____________________

6.其他寶貴的意見：____________________

____

____

____

讀者基本資料

姓名：______________　年齡：______　性別：□女 □男

聯絡電話：______________　E-mail：______________

地址：____________________

學歷：□高中(含)以下　□高中　□專科學校　□大學

□研究所(含)以上 □其他______________

職業：□製造業 □金融業 □資訊業 □軍警 □傳播業 □自由業

□服務業 □公務員 □教職　□學生 □其他__________

請貼
郵票

To：114

台北市內湖區瑞光路 583 巷 25 號 1 樓

秀威資訊科技股份有限公司　　　收

寄件人姓名：

寄件人地址：□□□

(請沿線對摺寄回,謝謝!)

秀威與 BOD

BOD（Books On Demand）是數位出版的大趨勢，秀威資訊率先運用 POD 數位印刷設備來生產書籍，並提供作者全程數位出版服務，致使書籍產銷零庫存，知識傳承不絕版，目前已開闢以下書系：

一、BOD 學術著作—專業論述的閱讀延伸
二、BOD 個人著作—分享生命的心路歷程
三、BOD 旅遊著作—個人深度旅遊文學創作
四、BOD 大陸學者—大陸專業學者學術出版
五、POD 獨家經銷—數位產製的代發行書籍

BOD 秀威網路書店：www.showwe.com.tw
政府出版品網路書店：www.*gov*books.com.tw

永不絕版的故事・自己寫・永不休止的音符・自己唱